苔蕾丝·德斯盖鲁

[法]弗朗索瓦·莫里亚克 著

尹永达 译

江苏凤凰文艺出版社
JIANGSU PHOENIX LITERATURE AND ART PUBLISHING

图书在版编目（CIP）数据

苔蕾丝·德斯盖鲁 /（法）弗朗索瓦·莫里亚克著；尹永达译．— 南京：江苏凤凰文艺出版社，2024.1
ISBN 978-7-5594-7783-5

Ⅰ．①苔… Ⅱ．①弗… ②尹… Ⅲ．①长篇小说 – 法国 – 现代 Ⅳ．① I565.45

中国国家版本馆 CIP 数据核字（2023）第 098221 号

苔蕾丝·德斯盖鲁

[法] 弗朗索瓦·莫里亚克 著　尹永达 译

责任编辑　项雷达
策划编辑　薛　静
出版发行　江苏凤凰文艺出版社
　　　　　南京市中央路 165 号，邮编：210009
网　　址　http://www.jswenyi.com
印　　刷　文畅阁印刷有限公司
开　　本　880 毫米 ×1230 毫米　1/32
印　　张　7.5
字　　数　110 千字
版　　次　2024 年 1 月第 1 版
印　　次　2024 年 1 月第 1 次印刷
书　　号　ISBN 978-7-5594-7783-5
定　　价　52.00 元

我这无谓的生命——我这虚无的生命——这无尽的孤独——

这毫无出路的命运。

目录

前言

苔蕾丝，许多人一定会说你并不存在。可是，这些年来我一直在窥伺你，并于不经意间拦住你的去路，摘下你的面具，因而我知道你是存在的。

我记得少年时就曾在重罪法庭的一间沉闷的审判室里见过你白皙的面容和纤薄的嘴唇，审判室里，盛装而来的妇人们看上去比你要面对的律师们还要咄咄逼人。

后来，我又在一间乡下客厅里见过你，那时你初为人妻，满脸茫然，你的丈夫和年迈的公婆对你的关切令你甚是恼怒。“她到底怎么了？”他们不解道，“我们对她可谓予取予求了。”

自此，我曾多少次津津有味地看你用手捂住宽广美丽的额头！诚然，那手是略大了一些。曾经多少次，我发现你在全家人用鲜活的身躯编织的牢笼间如一只母狼般小心翼翼地逡巡。你还用凶恶而忧伤的目光凝视我。

肯定会有不少人因为我塑造了一个比我先前那些人物更加卑劣的角色而惊诧！对那些浑身渗透着美德、随时准备助人为乐的灵魂，我有什么好说的呢？随时准备助人为乐的灵魂是没有故事的。不过，那些深埋于泥污之中并与这泥污一道浑浊的灵魂，对他们的故事我倒是略知一二。

苔蕾丝，我本打算让你在痛苦中得到上帝的眷顾。长期以来，我都想将你和圣洛库斯特①同日而语。可是，这定会令一些人大呼渎圣，虽然这些人口口声声相信苦难的灵魂可以在堕落后赎罪②。

---

① 圣洛库斯特：古罗马著名女投毒者，为尼禄所用，曾替尼禄杀害政敌。其人物形象曾出现于《基督山伯爵》。

② 堕落后赎罪：按照相关教义，灵魂堕落后最终可以回归神的身边并得到救赎。

我只好将你弃于道路之上，相信在此地，你至少不会感到孤独。

苔蕾丝·德斯盖鲁

第一章

第一章

律师打开门。苔蕾丝·德斯盖鲁站在法院的暗廊上感到一阵雾气迎面扑来，深深地，她吸了几下。她怕外面有人，犹豫要不要走出去。一个男人，衣领立着，从一株法国梧桐树下走来。她认出是父亲的身影。

“不予起诉。”律师喊了一声，然后转身对苔蕾丝说：“没有人，您可以出来了。”

她沿着湿润的台阶走下。的确，小广场上看上去空无一人。他的父亲没有亲吻她，甚至看都未看她一眼。他只顾盘问律师事情的进展，律师回答他时压低了嗓门儿，好像生怕有人监听似的。她隐约听得到他们交谈的内容：

“我明天会收到不予起诉的正式通知。”

“不会再有变数吧？”

“不会。正所谓‘生米煮成熟饭’了。”

“自从有了我女婿的口供，我就料到没事了。”

“料到……料到……但一切皆有可能。”

“反正他自己说他向来都不数滴了几滴……”

“拉罗克，您知道，在这种案子中，受害者的口供……”

苔蕾丝打断说：“没有受害者。”

“太太，我是想说：他是自己马虎大意的受害者。”

年轻女子裹紧大衣，一动不动，两个男人打量了她片刻，她苍白的面孔上没有一丝表情。她问马车停在哪里。为了不引人注意，她的父亲让马车停在了城外的布德斯路上。

他们穿过广场。法国梧桐树的叶片粘在被雨水浸泡的长椅上。所幸，这个季节天色早早地便暗了下来。而且，要想去布德斯路，他们可以取道这座副省会城市中最僻静的几条街巷。苔蕾丝走在两个矮男人中间，额头高高地耸立着。两个男人先是如同当她不存在一样，继续他们的谈话，但随后就觉得这个女人的身体成了障碍，于是开始用胳膊肘将她向后推搡。她索性微微落在后面，并摘下左手的手套，揪弄起沿途旧石板上的青苔。有时，一个骑单车的工人或是一辆运货的马车经过，路面上溅起的泥浆让她不得不把身子紧紧贴向墙壁。不过，黄昏时分的黯淡早已将苔蕾丝笼罩得严严实实，叫人无从辨认。茴香和浓雾的气味于她而言不再只是属于这座小城的味道，她从中又寻回了终于失而复得的生活的况味。沉睡的大地送来浸润与杂草的气息，她闭上眼睛，极力不让自己听见罗圈短腿矮个子男人的谈话，而他也没有转身去瞧女儿一次。即使她从路边跌落下去，他和杜罗斯也不会有所察觉。他们此时毫无忌惮，提高了说话的嗓门儿。

“诚然，德斯盖鲁先生的口供非常好。可是还有那份处方呢，总归是份儿假的嘛……提告的可是佩德迈医生呢。”

“他撤诉了……”

“可不管怎么说，她的说辞却是那个陌生人给她的处方……”

苔蕾丝放慢步伐，与其说是疲惫，不如说想回避几个星期以来让她昏昏沉沉的这些谈话。但无济于事，想听不到父亲的尖嗓子根本不可能。

“我对她叮嘱得够多了，一直跟她说：‘倒霉女儿，想点儿别的说辞……想点儿别的说辞……’”

他的确叮嘱过很多，并大可为此心安理得了。可他为何还在躁动不已呢？他所谓的家族名声算是保住了，从现在起到参议院选举，谁也不会再记得此事。苔蕾丝这样思忖着，并刻意不去赶上两个男人。可是，在讨论到激烈处时，他们却在路中间停下来，并指手画脚。

“拉罗克，听我的，要挺住。要在《播种者》报上主动出击。您想让我来处理吗？得杜撰一个类似‘卑鄙的谣言’这样的标题。”

“不，老兄，不，不。再说了，咱们又该怎么回应呢？案子是草草审理的，已然太显眼了，甚至都没找个笔迹专家鉴定一番。封口，压官司，我也只知道这些手段了。我会行动起来的，该尽力的时候会尽力。为了家族，也要把事情都压下去……要压下去。”

苔蕾丝没有听到杜罗斯的回应，因为他们加快了步伐。她像个快要窒息的人似的，又吸了吸雨夜的气息。忽然，她脑海里浮现出外祖母朱莉·贝拉德的陌生面孔。之所以陌生，是因为无论想要在拉罗克家还是在德斯盖鲁家寻找一帧这个女人的肖像、银版摄影抑或相片，都是徒劳。任何人都对她一无所知，只知道她在某一天离开了。苔蕾丝想到的是，自己的形象原本也会像这样磨灭并彻底消失的，假如是这样的话，她的女儿、她的小玛丽日后甚至也将无法从相册中看到生母的模样。此刻，玛丽已在阿尔热卢斯[①]的一个房间中睡去了吧。今晚晚些时候，苔蕾丝也会来到这个房间。到时，这位年轻女子会在黑夜中倾听孩子的睡息，她会俯下身子，她的双唇会像找水喝一样找寻这个熟睡的生命。

沟渠旁，一驾马车的车篷扣了下来，车的灯笼照射着两匹马儿瘦骨嶙峋的屁股。马车后，路的左右两侧各立着一排幽暗的森林屏障。第一茬松树的树冠从路堤一侧伸向另一侧，并相互交错在一起。拱廊下，道路神秘而幽深。道路上方的天空为自己开辟出一道填满了枝叶的河床。

车夫贪婪、专注地端详着苔蕾丝。她问他是否来得及赶上

① 阿尔热卢斯：法国朗德省的一个市镇。

尼藏火车站的末班车，他开口打消她的疑虑，但不管怎么说，还是别耽搁的好。

“噶尔戴尔，这是最后一次麻烦您了。”

“太太，这里的事，了结了？”

她点了点头，男人一直紧盯着她。她一生都要这样被人盯着吗？

“现在你满意了吗？”

她的父亲好像终于注意到了她的存在。她瞥了一眼他那副沾染了苦涩的面孔和那双插满了白黄色坚硬胡须的脸颊，发现车灯笼的强光正打在这脸颊上。她低声说了句“我吃了这么多苦……现在筋疲力尽……”便停了下来。继续说下去又有什么用呢？他置若罔闻，也不再看她。苔蕾丝的感受于他而言有什么重要的呢？唯一要紧的，是他进参议院的升迁之路被打断了，他因为女儿受到了牵连（这些女人不是愚蠢便是歇斯底里，无一例外）。幸运的是，她不再姓拉罗克，她早就是德斯盖鲁家的人了。免于经过重罪法庭这一关，让他松了口气。可是怎么避免政敌们反复揭他的伤疤呢？他明天就要去面见省长。谢天谢地，《保守朗德[1]报》的老板有把柄攥在他手里：这家伙跟那些小女孩儿的事……

他抓住苔蕾丝的胳膊，说道："快上车，该出发了。"

这时，律师也许是不怀好意——也许是不想一句话都不跟苔蕾丝讲就放她离开——问她是否当晚就要回去跟贝尔纳·德斯盖鲁先生团圆。她回答说："当然了，我丈夫在等我。"这是她离开法官后第一次想到几个小时后就真的要跨过那道门槛走进丈夫卧病休养的房间了。他依然面带病相，接下来无尽的日日夜夜，她都得和这个男人朝夕相处。

案件开审后，她就住进了位于城门口的父亲家，今晚这趟旅程对她来说也许早就是家常便饭。但她此刻心中却老是想着该怎样有分寸地让丈夫了解事情的来龙去脉。上车前，她听取了杜罗斯先生的最后一些建议，事关如果再有人发问，德斯盖鲁先生该如何回应。此时，想到要去面对那位病人，苔蕾丝没有感到丝毫的慌张和局促：他们之间的事，不在于实际上发生

① 法国阿基坦大区所辖的省份。

了什么，而在于哪些话有必要说，哪些话有必要略过不谈。

他们夫妇二人曾一度因为这起官司而前所未有地团结起来，团结在他们的唯一一缕血脉里，团结在他们的女儿小玛丽的肉体里。他们为了应付法官而重构了一个非常简单但极具连贯性的，想必可以令那位逻辑学家无可挑剔的故事。那段时间，苔蕾丝乘坐的正是今晚正在等待她的这辆马车。但是，先前她曾如此迫不及待地期待赶快结束这趟夜间旅行，而此时却希望它不要就此终结！她记起自己当初一上车就恨不得马上回到阿尔热卢斯那个房间的情形，记起自己旅途中都在回想有哪些事项需要贝尔纳·德斯盖鲁注意的情形（例如，贝尔纳不用担心告诉外人她在某天晚上曾经跟他谈起过一张处方单的事情，他可以说是一个陌生人欠了药房的钱，不敢露面，故而哀求她代为取药……但是言多必失，杜罗斯并不赞成贝尔纳还要提及自己当时怪妻子冒失这一细节……）。

噩梦消失后，贝尔纳和苔蕾丝今晚还有什么谈资呢？

她脑海里浮现出他们远僻的房屋，他在那里等她。她想起铺了地板砖的房间中央摆放的那张床，还有桌子上那堆报纸和药瓶中间的矮杆台灯。看门狗被马车惊醒后，又是一通吠叫，随后便安静下来。一切都将重新笼罩在庄重的静寂中，一如她凝望着呕吐不止的贝尔纳的那些夜晚。

苔蕾丝在极力想象他们一会儿将要交换的第一个眼神，她在想要如何在阿尔热卢斯度过今晚，度过明天、后天和接下来的几个星期，他们毕竟不再需要一起为他们所经历的事件拼凑出一个可以告人的版本。他们之间，一切都将不复从前的模样……都将不复从前的模样。

心慌意乱间，她转向律师（其实却是在同老父亲讲话），她嗫嚅道："我打算在德斯盖鲁先生身旁待几日。然后，如果事态有了切实好转的话，我再回父亲家。"

"啊！这可不行，我的孩子，不行，不行！"

噶尔戴尔在他的座位上晃动着身子。拉罗克低声继续说道："你彻底疯了吗？在这个节骨眼儿上离开你丈夫？你们应该像一只手的两根手指一样……像一只手的两根手指，明白吗？到死都要这样……"

“你说得对，父亲。瞧我在想些什么呢？那么，你来阿尔热卢斯？”

“不，苔蕾丝，我像往常一样，每星期四逢集那天在家接待你们。你们也像平时一样，该来就来。”

她居然不明白，但凡露出马脚，他们就死定了，真是不可思议。都说妥当了吧？他能指望得上苔蕾丝吗？她给这个家族带来的麻烦已经够多了……

“你丈夫让你做什么，你就做什么。我也只能说到这里了。”说着，他就把她推进了马车。

她看到律师的手朝她伸过来，看到他黑色坚硬的指甲。“有个好结局，比什么都好。”他说道。此番话是他的肺腑之言。因为，如果事态发展下去，对他也没有任何好处，他的当事人家族会去聘请波尔多诉讼界的佩尔卡夫律师。是的，到目前为止，一切都刚刚好……

第二章

第二章

老马车的皮革霉变的味道，苔蕾丝很是喜欢……她讨厌摸黑吸烟，因此忘记了带香烟这件事，于她而言倒也算不上什么遗憾。马车灯笼的光芒照射在路堤上，照射在宛如流苏般的蕨叶和巨松的树根上。堆积的石块划破马车投下的阴影。有时，会有一辆平板车赶上来，熟睡的赶车人一动不动，骡子们会自行紧靠大路的右侧行驶。苔蕾丝感觉怕是永远都到不了阿尔热卢斯了。她倒希望永远都不要到达。得一个多小时才能抵达尼藏火车站，接下来小火车还得无休止地每一站都要停靠。然后在圣克莱尔下车后，再乘坐运货马车走上十公里才能回到阿尔热卢斯（任凭哪辆汽车都不敢在这样的道路上夜行）。在任何一个路段,新的命运都依然会出其不意地出现,会让她得到解脱。假如控罪成立，判决前夕便会体验到的那种五味杂陈，如今正盘踞在她的心头：是人们坐等地震来临时的那番心绪。

她摘下帽子，将苍白、晃动的小脸蛋儿倚向散发着霉味的皮革，并任由身体随马车颠簸起伏。直到今夜，她都是在惧怕遭人围堵的恐慌中度过的。眼下安全了，她才意识到自己的疲惫。这凹陷的双颊，这副颧骨，这紧锁的双唇，这美丽宽广的额头，组合在一起就是一幅女囚犯的肖像画——尽管男人们没有定她的罪，可是她注定都要被囚禁在永久的孤独中。不久前大家还都说她的魅力叫人无法抗拒，其实一切有魅力的灵魂，假如不极力掩饰的话，他们的面孔上都会暴露出一种隐隐的苦涩，一种内在的伤痕引起的锥心之痛。在这辆颠簸的马车中，一个除去了面具的年轻女子用右手轻轻抚摸着活活遭受火刑者特有的脸庞。是贝尔纳的伪证救了她，见面后他要讲的头几句话会是什么呢？也许今夜他不会问任何问题……可明天呢？

苔蕾丝闭上眼睛，又睁开。马儿放缓了步伐，她努力猜想这是到了哪处上坡的路段。啊！什么都不要瞎琢磨吧！事情有可能比她想象的要简单呢。还是什么都不要瞎琢磨吧。入睡吧……可是她怎么不在马车上了呢？绿色桌毯后，有个男人：是预审法官……又是他……可是他明明知道案子已经结了啊。他从左向右摇晃着脑袋：不能发出不予起诉的决定，因为又发现了新线索。新线索？苔蕾丝转过身去，不让敌人看见自己崩溃的面容。“好好梳理一下您的记忆，太太。在那件斗篷里——就是那件您只有十月份猎斑尾林鸽时才穿几次的斗篷里，您就没落下过什么，没藏匿过什么？”这令她无法辩驳，令她感到窒息。法官将一小包用红蜡缄封的东西放在桌子上，目光却一刻也不离开眼前的猎物。苔蕾丝可以背得出信封上写的药方，男人用果决的口吻解读着：

三氯甲烷：30 克

乌头碱：第 20 号颗粒

毛地黄素溶液：20 克

法官大笑起来……刹车装置吱吱地摩擦着车轮。苔蕾丝醒了。她舒展的胸膛里填满了雾气（马车应该正在沿着白色的溪流而下）。少女时代，她就常常做过类似的梦，例如由于一道错题而需要重考小学教师资格证。今晚，她和那时一样，品味着梦醒后的放松，放松中带有些许不安，因为毕竟尚未收到正式的不予起诉的决定。“但是，你知道都是会先通知律师的……”

总算自由了……除此之外还有别的期盼吗？将就着在贝尔纳身边过日子，这对她而言不过是小菜一碟。但彻底与他坦诚相待，不留任何灰色地带，这才是救赎。将对他隐藏的事情大白于天下，从今晚起就这样做。这个决定令苔蕾丝感到快乐。在回到阿尔热卢斯之前，她还有时间“准备忏悔”。“准备忏悔”，这是她和安娜·德·拉塔芙一起度过幸福假期时，这位虔诚的朋友每周六都挂在嘴边的话。这位亲爱的、天真无邪的小姐妹安娜，您在这个故事里扮演了怎样的角色呢！那些最纯粹的灵魂不会晓得，他们每一天、每个夜晚都在卷入怎样的事件，他们更无从知道他们天真烂漫的脚步下又会萌生些什么毒物。

那个小女孩儿常常对冷嘲热讽、喜欢犟嘴的高中生苔蕾丝说：“你想象不到，在坦白并获得宽恕后，在扫清障碍后，在新的基础上重启人生，会带来怎样的解脱感。”她说得的确没错。苔蕾丝刚刚下决心坦白一切，就已经体味到了愉悦轻松的感觉：“贝尔纳会了解一切的。我会告诉他……”

她打算告诉他什么？要从何说起？只凭口头上的叙述，能否将这宗由错综复杂的欲望、决断和行为模糊交织起来的脉络交代清楚呢？那些清楚自己是在犯罪的人，他们又是怎么做的？

“而我，我不知道自己在犯罪啊。做出他们指控我的事，非我所愿。我都不知道自己想做什么。我从未想过我身体里里外外沸腾的那股疯狂劲儿会涌向何处。它所到之处引起的破坏，令我自己都感到恐惧。”

一盏朦胧的汽油灯照耀着尼藏火车站的灰泥墙壁和一辆停在那里的运货马车。（但愿周遭的昏黑快快重新笼罩下来吧！）悲伤的哞哞声和咩咩声从一列停靠的火车上传来。噶尔戴尔提起苔蕾丝的手提包，又盯着她凝视起来。他的妻子想必给他下过命令：“你好好看清楚她是什么模样，看看她是什么神情……”面对拉罗克的车夫，苔蕾丝又本能地露出她那特有的微笑，目睹这微笑的人都会说：“甭管她长得美还是丑，您只会觉得她有魅力。”她请他去售票窗口替她买票，她害怕穿过候车大厅，因为里面坐着两个佃妇，膝盖上放着一个篮子，在摇头晃脑地编织东西。

票买来后，她命他留下找回的零钱。他用手摸了摸鸭舌帽，然后拢起缰绳，最后一次转身盯着东家的女儿看了一阵。

火车的车厢尚未组装就绪。从前放暑假或者开学时，在尼藏火车站的逗留对苔蕾丝·拉罗克和安娜·德·拉塔芙来说是段快乐的时光。她们会在客栈吃一枚火腿煎蛋，然后相互搂着腰来这条今晚显得如此黯淡的道路上散步。可是，苔蕾丝如今回想起来，那几年的路面似乎总是泛着月白色。两人会对着她们重叠在一起的影子大笑，也许还会谈及各自的老师和同学吧——她们一个夸耀自己的修道院，一个则维护自己就读的高中。“安娜……”苔蕾丝在黑暗里高声呼唤她的名字。要先跟贝尔纳聊聊安娜……没有男人比这个贝尔纳更精于算计了，他对情感进行归类，并将各种情感孤立起来，却不知道情感之间也会构成一张阡陌纵横的网络。如何才能带他进入苔蕾丝曾经经历并因之饱受折磨的不可捉摸的地带呢？无论如何都要尝试一番。一会儿走进房间后，别的举动都不切实际，要坐在床边，对他循循善诱，直到贝尔纳打断她：“我现在明白了。起来吧，原谅你了。”

她摸索着穿过站长室的花园，虽然看不清，却嗅得到有菊花的味道。一等车厢里空无一人，更何况昏暗的灯光还不够映亮她的脸庞呢。要想读点儿什么是不可能的，而且与她可怕的人生比起来，哪部小说不显得平淡而乏味呢？或许她会羞耻而死，惶恐而死，愧疚而死，疲惫而死，但她不会无聊而死。

她在角落里蜷成一团，合上眼睛。像她这样聪明的女人也有可能无法将事情的经过解释清楚吗？一定可以的，等她坦白相告之后，贝尔纳会扶她起来：“就安心吧。苔蕾丝，别再担忧。我们会在阿尔热卢斯这座房子里一起等待死亡到来的那天，已发生的事永远都不会将我们分开。我渴了。你亲自去厨房，调一杯橙汁。即使浑浊，我也会一饮而尽。即使口感让我想起从前每天早晨我喝过的巧克力的味道，那又如何呢？我亲爱的，你记得我的呕吐吗？你用温柔的手托着我的脑袋，你目不转睛地盯着那黄绿色的液体。我的晕厥也不让你感到惧怕。可是，我发现自己双腿瘫痪并毫无知觉的那天晚上，你的脸色却变得如此苍白。我在发抖，你还记得吗？我温度如此低，脉搏如此乱，让佩德迈医生那个蠢货都感到惊愕。”

“啊！他是不会明白的。”苔蕾丝心想，“应该原原本本地从头说起才好……”可我们的行为又源于何处？当我们拣择并审视这源头时，我们发现命运就犹如无法连同根须被一起拔出的树木一般。苔蕾丝要追溯至自己的童年吗？而童年自身便是一种结局，一个终点。

最污浊的江水，其源头无非也是皑皑的白雪，这便是苔蕾丝的童年写照。读高中时，她看上去对什么都不挂心，好像置身于那些令同学们心碎的小悲剧之外。老师们经常让大家以苔蕾丝·拉罗克为榜样。“除实现人格升华带来的满足感，苔蕾丝不追求任何回报。她的良心便是那束足以令她感到满足的光芒，也是唯一能够给她带来满足的源泉。跻身于道德精英阶层的自豪感给她的动力远胜于对惩罚的惧怕……”一个老师这样评价她说。苔蕾丝自问：“我那时真的如此幸福吗？我那时真的如此质朴吗？记忆中，婚前我都是以这种纯洁面目呈现的，和后来抹不去的婚姻的肮脏相比可谓是判若云泥。和为人妻为人母的时光相比，我的高中时代简直不啻为天堂。当时我却不这样觉得。当时我怎么可能知道，步入人生之前的那些年我所体验到的才是真正的人生滋味。说到纯洁，我的确纯洁，说我是个天使，也不错！但我是个充满激情的天使。不管老师们说什么，我其实是痛苦的，同时也给他人带来过苦痛。我既享受我引起的痛，也享受我的朋友们给我带来的痛。那是一种不掺杂任何愧疚之情的虐与被虐：痛苦和快乐实则全部源自最无辜的快感。”

那时，苔蕾丝得到的回报便是在炽热的季节和安娜重逢于阿尔热卢斯的橡树下时，不会觉得自己配不上她。她需要有资格对这个在圣心会长大的女孩儿说：“我没有懿行绶带，不背那些陈词滥调，也可以和你一样是个纯洁的人……”况且，安娜·德·拉塔芙的纯洁更多是建立在无知这一基础之上的。圣心会的妇女们在她们的女学生和现实之间蒙上的是一千层面纱。苔蕾丝蔑视她们分不清美德和无知：“亲爱的，你哪里知道什么人生呢……”这是她在那些遥远的阿尔热卢斯夏日反复说过的话。那些美丽的夏日……在终于出发的小火车上，苔蕾丝意识到：若想探究清楚，应该追溯到那些美丽的夏日。其实，在我们人生中最清朗的黎明时分便早已高悬着凶险的暴风骤雨，这令人难以置信，却是不争的事实。过于蔚蓝的清晨也是午后和晚间时分会出现糟糕气象的先兆，它意味着花圃将被摧残，枝条将被折断，泥浆将四处飞溅。苔蕾丝在任何时候都不曾思考过人生，也从未预谋过什么。她从平缓的斜坡上滑落，速度先缓后疾，谈不上任何急转直下。今晚这个失足的女人正是曾经在阿尔热卢斯的夏日里青春灿烂的她，而如今再回阿尔热卢斯却是借着夜色的保护悄悄潜入。

自寻苦恼！已发生的事，再去揭示它不为人知的底细，又有何用呢？这位年轻女子透过车窗看到的，除却自己死气沉沉的面容，别无他物。小火车行进的节奏中止了，机车车头发出一声长啸，并小心翼翼地向一座车站靠近。一只胳膊晃动着一盏信号灯，周围还传来人们用当地土话发出的招呼声和猪崽们被卸下火车时发出的尖叫声：于泽斯特[①]站到了。再有一站便是圣克莱尔了，从圣克莱尔需要换乘运货的马车走完前往阿尔热卢斯的最后一程。留给苔蕾丝为自己准备辩护的时间着实不多了！

① 于泽斯特：法国吉伦特省的一个市镇，属于朗贡区。

第三章

第三章

阿尔热卢斯，不折不扣可堪称大地的尽头，是那种无路再通往别处的地方，被当地人称作边寨，这里没有教堂，没有村政府，也没有墓园，只有几家佃户散落在一片黑麦田周围，距离圣克莱尔镇十公里，连接两地的唯有一条破败的公路。过了阿尔热卢斯，这条满是车辙和坑洞的道路便荒废成一条沙土小径。此去大西洋八十公里，不过是一片片草泽、潟湖、瘦弱的松树和荒原。到了冬末时节，荒原上的绵羊便会沾染灰烬般的颜色。圣克莱尔最显赫的家族都来自这个偏僻的边寨。上世纪中叶，树脂和木材生意为仰赖牧群微薄收入过活的人们带来额外的进账。于是，今天活跃在人生舞台上的先生们的祖辈便选择到圣克莱尔居住，而他们在阿尔热卢斯的住处也就变成了佃舍。遮阳檐下横着雕梁，有的佃舍里还砌有大理石材质的壁炉，这都见证着那些人家昔日的体面。房舍年复一年地坍塌，其中一间屋顶的巨大侧檐几乎碰触到了地面。

这些老宅中有两座仍然居住着原来的家族。拉罗克和德斯盖鲁两家的住处跟他们刚从祖上继承过来时没有任何改观。杰罗姆·拉罗克是B城的市长和议员，在这座副省会城市的城门处有自己的主宅，但是对从妻子那里继承来的这处阿尔热卢斯庄园向来不愿做丝毫改动（妻子刚生产不久把苔蕾丝扔在摇篮里便撒手人寰了），女儿长大一些后就喜欢来这里度假，这丝毫不令他感到奇怪。一到七月苔蕾丝就会在父亲的长姐克莱拉姑妈的监护下住过来，克莱拉姑妈是个未成过家的老姑娘。她有些耳背，也喜欢这里的偏僻，因为她说用不着再看别人嘴唇翕动的样子，她知道在这里能够听到的不过是风儿穿过松林的声音罢了。拉罗克先生很庆幸阿尔热卢斯这个地方既能帮自己摆脱女儿，又能拉近女儿和贝尔纳·德斯盖鲁的距离。根据两家的意愿，女儿是要嫁给贝尔纳·德斯盖鲁的，虽说双方的意向不具备任何正式婚约的色彩。

贝尔纳·德斯盖鲁从他父亲那里继承了一座和拉罗克家毗邻的宅子。狩猎期开始之前，从来看不到他的身影，他只有十月份在不远处安置好诱鸽棚后，才来这里过夜。冬天，这个理智的男孩儿会去巴黎听法律课。夏天，他和家人一起度过的日子也寥寥无几。他守寡的母亲改嫁给维克多·德·拉塔芙时，此人虽然一文不名，花钱却是大手大脚并在圣克莱尔被人引为笑柄。继妹安娜对贝尔纳来说年龄太小，无法引起他的注意。他对苔蕾丝更有兴趣吗？当地所有人都认为他们两个很般配，因为他们两家的房子好像注定要合二为一似的，这个老实巴交的男孩儿在这一点上同乡亲们意见倒是一致。但是，他喜欢什么都有条不紊，并以把生活打理得井然有序为荣。这个略胖的小伙子常常说："我们的不幸向来都是我们自己招致的……"直到婚前，他的时间都是在工作和享乐之间平均分配的。他既不鄙视酒食，也不鄙视狩猎，不过一旦学习起来，就像他母亲说的那样"马不停蹄"。因为，为人夫者应当比自己的妻子更有学识，而苔蕾丝的智力又不比寻常，极可能是个很有独立思想的人……可是，贝尔纳晓得用什么理由可以让女人服膺。另外，他的母亲每每对他说"脚踏两条船并非坏事"，拉罗克老爹对他会有用处。二十六岁那年，做过充分准备的贝尔纳·德斯盖鲁去意大利、西班牙和荷兰游历了一番，回来后就娶了朗德最富有、最聪明但未必最美丽的女人为妻，“甭管她长得美还是丑，您只会觉得她有魅力”。

想到自己为贝尔纳勾勒的粗浅印象，苔蕾丝微笑起来：“其实，他比我原本要嫁的大部分男人更有教养。”在朗德地区，女人们远比男人们优秀，男人们从初中起就不再和异性有什么接触，因此几乎谈不上会形成什么教养。朗德荒原限制了他们心灵的舒展，他们的思想也永远局限于这片荒原。好像如果跟佃农不一样，不讲土话，放弃粗野的习惯，就意味着背叛了这里似的，他们从未体验过这片土地以外的快乐。然而贝尔纳粗糙的外表下莫非没有某种温良吗？佃农们在他当初垂死之际都说：“在他之后，这里再无绅士。”是的，那粗糙的外表下是一种温良，也是一种公允和诚恳。他极少高谈阔论自己不了解的领域。他承认自己的局限。少年时代，这个不解风情的希波吕托斯[1]其实并不丑陋——他只是对女孩儿远不如对荒原上被围堵四窜的野兔更有兴趣而已。

苔蕾丝此刻将脑袋抵在车厢的玻璃窗上，眼睑低垂，想起在接近九点钟时，趁酷热高峰到来前在圣克莱尔－阿尔热卢斯公路上骑自行车的那个人：不过此人并不是贝尔纳，并不是那位漠然的未婚夫，而是他的妹妹，是面色涨红的安娜——她想起知了正在松树上此起彼伏地鸣叫，荒原的热气正在天空下隆隆地蒸腾。数百万只苍蝇从荆棘杂草丛中升起。

“回客厅时披上大衣，里面跟冰窖似的……

“小宝贝儿，流汗了要多喝水。”克莱拉姑妈接连说道。

安娜多此一举地大声冲这位聋妇人打招呼。“亲爱的，不用吼，她看你唇形就什么都明白了……”但小女孩儿仍然徒劳地把每个字都说得字正腔圆，把小嘴都咧得变了形：姑妈鸡同鸭讲地随便应答着，最后逗得两个好朋友只得溜出去无拘无束

① 希波吕托斯：希腊神话中忒修斯（传说中的雅典国王）之子，崇拜狩猎神阿耳忒弥斯，从而厌恶其他女人。

地大笑。

苔蕾丝在幽暗的车厢深处回顾生命里那些纯洁的日子——纯洁却闪烁着一种飘忽不定的幸福。她当时并不晓得，这抹欢愉的浊光将会是她在这个世界上绝无仅有的幸福。没有任何迹象提醒她，她的全部幸福都在那个酷热的盛夏浓缩在了一间幽暗的客厅里，浓缩在那张红色绫纹平布面料的长沙发上：安娜坐在身旁，双膝并拢，捧着一本相册。这幸福来自哪里？安娜和苔蕾丝有任何共同爱好吗？她讨厌读书，只喜欢缝纫、聒噪和嬉笑。她对什么事情都没有任何看法，而苔蕾丝则无论是读保罗·德·科克[①]的小说，读《周一漫谈》[②]和《领馆的历史》，还是读这座乡下房子的壁橱里沉睡的任何一本书，都一样如饥似渴。她们喜欢在阳光将人们逼进半明半暗的庇护所的那些个午后相处一处，除此之外别无任何共同爱好。安娜有时起身去瞧瞧气温是否已经回落。但是，护窗板刚刚被推开一条缝隙，

① 保罗·德·科克（1793—1871）：法国作家。

② 《周一漫谈》：法国著名文学评论家圣柏夫（1804—1869）的作品。

阳光就如同一股熔化的金属似的，猛然迸射进来，俨然要将凉席燃烧一般，于是要赶忙把门窗重新关牢并蜷缩起来。

已到黄昏时分，夕阳的光芒只够染红松树下方的土壤，只剩最后一只知了还在靠近地面的位置不肯飞走，但是一团团热气依旧凝滞在橡树下无法散去。两个好朋友宛如坐在湖畔一般，在田边躺下。预示暴风雨将会来临的云团为她们勾勒出流动的影像。安娜在天空中看到一个长翅膀的女人，没等苔蕾丝看清楚，她却说那云团又变成了一只伏卧的怪兽。

九月，她们用过下午茶后便可以出门并潜入干涸的乡野：阿尔热卢斯的地面上没有一线流水，要在沙土地中行走许久才能到达一条名为槲尔溪的小溪的源头，那里泉眼众多，汩汩流淌于桤树的根须之间，并将附着于溪底的狭窄草皮顶破。两个女孩儿赤裸的双足在凌冽的溪水中慢慢失去知觉，但是刚一晾干却又马上感到灼热起来。猎人们十月份前来狩猎斑尾林鸽用的一间木屋像不久前的幽暗客厅一样成了她们的庇护所。彼此之间什么都不用说，不需要说一句话：光阴在漫长无邪的逗留中一分一分地逝去，两个女孩儿像猎人在鸽群飞来时做出示意安静的手势并屏息沉默时那样纹丝不动，她们仿佛觉得只要一个动作就会令这纯洁无形的幸福荡然无存。安娜迫不及待地想要趁着黄昏去打几只云雀，她第一个伸了伸腰肢。苔蕾丝厌恶这种消遣，但是又贪图安娜的陪伴，于是也跟着去了。安娜从前厅里取下那杆 24 号口径、几乎没有后坐力的猎枪，而她的女伴儿则会待在路堤上，看她站在黑麦田中间瞄准太阳，就像是要将它熄灭似的。苔蕾丝堵上耳朵，一声沉醉的鸣叫在蓝天中戛然而止，女猎人捡起受伤的鸟儿，用一只小心翼翼的手将其攥紧，然后一边用双唇蹭弄猎物温暖的羽毛，一边将其闷死。

“明天你还来吗？”

“哦！不来了。我不想每天都来。”

她不想每天都见到她。这话说得在理，也无可指摘。任何辩驳甚至会让苔蕾丝自己都觉得不可理喻。安娜更希望明天不要相见。也许没有什么会阻扰她赴约，但为什么每天都要见面呢？“我们最后会相互受不了的。”她说。苔蕾丝回答说：“对……对……尤其别当成是义务。心里想来时再来……实在没什么事可做的时候再来。”单车少女在天色已经暗淡下来的公路上晃动着车铃消失了。

苔蕾丝朝家中走去。佃农们远远地就冲她打招呼。孩子们却不会靠近并围拢过来。此时，羊群正在橡树下四处走动，听到牧羊人的呼唤后便一齐奔跑起来。姑妈在门槛上守望，她像所有耳背的老妇人一样，不停地念叨着，不给苔蕾丝讲话的机会。苔蕾丝如此心慌意乱，是为哪般呢？她不想看书，什么都不想做，于是又徜徉起来。“别走远了，要开饭了。”她又回到公路边上——放眼望去，路上空无一人。或许今天傍晚时分就得开灯了，对于这个有些惊恐的年轻女孩儿和这位身子一动不动、双手交叉着搭在桌布上的老妇人而言，夜晚同样寂静且深沉。

贝尔纳，贝尔纳，你属于那类盲目的物种，属于内心简单的漠然物种，如何带你进入那个杂乱无章的世界呢？“可是，”苔蕾丝心想，“我说第一句话，他就得打断我：‘您为什么嫁给我呢？我可没追求过您……’”她为什么嫁给他？他的确没有表现出任何的迫不及待。她记得贝尔纳的母亲，也就是维克多·德·拉塔芙的太太常常说：“他还想再等等，但是她想啊，但是她想啊，她想啊。不妙的是，她跟我们的理念不一样。比如说，她为了看上去有派头而烟抽得很凶。但她天性正直、实诚。我们用不了多久就会让她走上正道儿。固然，对我们来说，这桩婚事也不是样样称心。是的，贝拉德祖母……我很清楚……但事情早忘了，不是吗？况且当初捂得很严，几乎可以说并未闹出什么风波。您相信会遗传？当父亲的观念不合体统，这毋庸置疑。但是他给她树立的全是好榜样——他是个俗家圣人。而且他影响力大。什么人我们都需要。该放下的总得放下。不管您信不信，我都得跟您说：她比我们富有。这让人难以相信，但事实就是如此。何况，她还很崇敬贝尔纳，这更不是什么缺点了。”

是的，她对他很崇敬，因为这是最用不着她付出努力就可以摆出的姿态。在阿尔热卢斯的客厅里，在田边的橡树下，她只需抬起双眸即可。让目光中蓄满爱的率真，那可是她的强项。这样一个猎物拜倒在他脚下，令这个男人欣喜，却不让他觉得吃惊。“别跟她闹着玩儿，”他的母亲反复跟他说，“她内心不安静。”

“我嫁给他，是因为……”苔蕾丝一只手捂住眼睛，皱着眉头，极力回忆过去。诚然，想到可以通过这桩婚事变成安娜的嫂子便让她觉得童趣横生。但是这尤其让安娜感到好玩儿。对于苔蕾丝而言，这层关系并非至关重要。那么，到底为什么脸红呢？其实，她对贝尔纳的两千公顷地产也并非无动于衷。“她的血液中一直都流淌着对地产的贪婪和执着。”在冗长的宴会结束时，当桌子上的餐具撤掉并端上酒水时，苔蕾丝常常待在男人堆里，被他们关于佃户、矿柱、树脂以及松节油的讨论所吸引。她对田产的估算满怀激情。能够掌控一大片广袤的森林对她而言无疑是具有诱惑力的：“另外，他也爱我的松林……”但是支配苔蕾丝的或许是比她此刻正在揭示的力量更隐晦的一种情感：或许，她想从婚姻中寻找一处庇护的港湾，而不是掌握和拥有地产。将她推向婚姻的，难道不是某种惊慌的情绪？这个现实的女孩儿，这个喜欢持家的孩子，她急于归队，急于找到自己固定的位置，她想避开她自己也说不上是什么的某种危险并渴望得到心安。订婚期间，她表现出前所未有的理智：这意味着她将自己嵌入了家庭的堡垒，“她驻扎了下来”，她走进了秩序。她得到了救赎。

订婚后的那个春天，他们时常沿着从阿尔热卢斯通往维勒梅佳的沙土路散步。橡树上依旧挂着把天空染脏的枯叶。干枯的蕨草铺满大地，新的卷芽正在破土而出，冒出浅浅的酸绿色。贝尔纳说：“当心您的香烟，可能还燃着呢，荒原上现在可没有水。”她问道：“蕨草中真的有氢氰酸吗？”贝尔纳不知道蕨草中的氢氰酸是否足以致命。他温和地问她：“您想死吗？”她大笑。他许下愿望，希望她能简单一些。苔蕾丝记得自己闭上了眼睛，这时两只大手箍住她的小脑瓜，同时还有一个声音靠近自己的耳畔说：“这里还有一些错误思想噢。”她则回答道：“那就由您来摧毁这些错误思想吧，贝尔纳。”他们曾观察过泥瓦匠为维勒梅佳佃庄添建一间房子的劳作过程。佃庄的主人是波尔多人，想让他们“得了肺痨”的小儿子住过来。这位小儿子的姐姐便死于同样的疾病。贝尔纳很瞧不起这户姓阿茨维多的人家。“虽然他们拿他们伟大的神灵起誓，说他们没有犹太血统……可是只要瞧瞧他们这些人什么样子就知道了。还有，得的都是结核病。所有这些病……”那时的苔蕾丝性格颇为安静。安娜也会从圣塞巴斯蒂安修道院回来参加婚礼。她要和德吉雷曼家的儿子一起搭档进行慈善募款[①]。她让苔蕾丝复函向她描述一下其他傧相的长裙："能不能要几套样品？大家的色彩相互搭调对所有人都有好处。"苔蕾丝体验到前所未有的安宁，她所谓的安宁，其实也不过是半睡半醒的状态而已，是她胸中那条爬行动物麻木时的状态而已。

---

① 法国天主教婚礼过程中，有进行慈善募款的传统，当然有时募款也用于新建家庭的开销。

第四章

第四章

婚礼这一天令人窒息，在圣克莱尔教堂里，妇女们的聒噪声盖过了残喘的风琴声，她们身上的体味盖过了炉香的气息。直到这一天苔蕾丝才意识到迷失了自我。她梦游般走进笼子，当笼门哐啷一声沉重地关上时，这个可怜的孩子才幡然醒来。什么都未改变，但她发现自此以后将无法继续独自沉沦。她将会如一团在荆棘杂草丛中蔓延的暗火一般，在家庭的簇拥下悄然燃烧，先点着一株松树，再点着另一株，渐渐地制造一片火把组成的森林。除了安娜，在这个人群里她找不到一张面孔可供安放自己的双眸。但是这个年轻女孩儿充满孩子气的快乐，她的这份快乐，又让苔蕾丝和她如此格格不入！她好像从来都未意识到她们在婚礼当晚就要分道扬镳似的，那不仅仅是空间意义上的分开，还因为苔蕾丝遭受痛苦的时刻到了——她纯洁的身体将遭受不可修复的破坏。安娜将继续待在供守身如玉者等候的岸边，苔蕾丝则将混入失身者的大军之中，她至今还记得她在祭衣间里弯腰亲吻乐呵呵朝她昂起的那张小脸儿的情景。她突然意识到一切尽是虚无，她在这虚无的周遭缔造了一个由似是而非的痛苦和似是而非的欢乐组成的世界而已。几秒钟的工夫她便发现在自己内心的隐晦力量和涂脂抹粉的温柔面孔之间存在无限的不协调。

这一天过去很久以后，圣克莱尔和B城的人们每当谈起这场伽马什[①]式的婚礼时（婚宴上，来了一百多个佃农和仆人在橡树下又吃又喝），依旧记得那个平时“甭管长得美还是丑，您只会觉得有魅力”的新娘这一天的丑态，甚至可以说奇丑无比：“她跟平时不一样，就像换了个人儿似的……”人们只看见她跟平时样貌不同，并一味从白色婚纱和酷热天气上替她找借口，可就是认识不到她的真实面目。

在这场半农民、半资产阶级式的婚礼当晚，女孩儿们长裙

① 伽马什：《堂吉诃德》中的土豪人物，塞万提斯在小说中曾描写其大操大办婚礼的情景。

绚丽，夹杂在人群中间。新郎新娘的汽车经过人群时只好放慢速度，这时人们冲新人欢呼起来。他们在撒满合欢花的公路上超越了一辆辆行迹曲折的马拉货车，赶车人显然是些喝了酒的家伙。苔蕾丝想起接下来的夜晚，便喃喃道："真可怕……"随后她又纠正自己道，"不……也没那么可怕……"在去意大利湖泊的途中，她痛苦吗？不，不，她戏演得很好：无非是假装若无其事而已。作为未婚夫，他很好骗。可是一旦他成了丈夫呢！任何人都会说骗人的谎话，但是用身体说谎则需要另一套艺术。假装欲望，假装快感，假装幸福的疲倦，不是每个人都做得到的。不过，她苔蕾丝便晓得让自己的身体顺从于这种伪装，并从中品味苦涩的快意。一个男人强行将她带入那个未知的感官世界，她不妨发挥想象力去设想在那里她或许也能寻得到可能属于自己的幸福——至于是怎样的幸福呢？在面对雨中的风景时，我们大可设想它在阳光下又会是什么光景，苔蕾丝就是这样发现快感的。

贝尔纳是个目光空洞的男人，他只顾留神指示板上的号码和贝德刻尔旅游手册上的号码是否一致，当他发现他们用最少的时间看完了该看的景色时，颇为得意。真是个容易上当的家伙！他沉浸在自己的快乐中，就像那些可爱的小猪一样，当它们在食槽边幸福地打起响鼻时（“这食槽便是我。”苔蕾丝思忖道），透过围栏看一看它们倒也煞是有趣。他的神色也和小猪一样仓促、匆忙、认真。他总是有条不紊。苔蕾丝感到吃惊，有时也会试探着问他：“您真的觉得这很明智？”他大笑，并打消她的疑虑。然而将肉体之事也分门别类——将云雨之欢分成君子之礼和性虐之举——他是从哪里学来的呢？他向来刚愎自用。在返程途中，他们在巴黎做了逗留，一天晚上在看戏时，贝尔纳感觉受到了台上演出的冒犯，在众目睽睽之下扬长而去：“你说说外国人看到这个会怎么说。多么丢人！别人就是根据这个来评判我们的……”苔蕾丝想到这样羞涩的一个男人在不到一个小时后将会令她遭受没完没了的暗夜探索，便咋舌不已。

“可怜的贝尔纳——倒不是他比别人更糟糕！只是欲望会把我们的身边人变成一个与其本人平时的样子大相径庭的怪物而已。在我们和我们的枕边人之间，最大的差距莫过于对方的疯狂：我发现贝尔纳一直都会深陷快感，而我却总是装死，我生怕这个疯子、这个癫痫病人一个动作就会把我勒死。通常，在到达最后的快感时，他会突然意识到自己的孤独，于是那番乏味的挣扎也会戛然而止。贝尔纳抽身而退后，我则像是被搁浅在海滩上似的，牙齿紧扣，浑身冰冷。”

安娜只来过一封信，小女孩儿不怎么喜欢写信，但令人惊喜的是：信的每一行都令苔蕾丝心旷神怡。与其说一封信的目的是要表达我们的真实情感，不如说我们应当酝酿相应的情绪以便这信读起来令我们愉悦。安娜埋怨说自从阿茨维多家的儿子搬过来后自己就再也不能去维勒梅佳了；她曾远远地看见过他那张摆放在蕨草丛中的长椅；那些个得了肺结核的人让她害怕。

苔蕾丝常常反复阅读这几页文字，但是并不指望收到别的来信。因此，到了信件收发时间（即他们从音乐厅中途离席的第二天早上），当她认出三个信封上都是安娜·德·拉塔芙的笔迹时颇感惊讶。他们的旅程行色匆匆，于是各类“留局候领”的信件积攒成一个包裹一直跟着他们寄到了巴黎。他们行色匆忙，按贝尔纳的说法是“急着回他们的安乐窝”——但事实却是他们已经无法忍受一起相处的时光。远离了他的猎枪、猎犬，远离了绝无仅有地能为他提供红石榴糖浆口味的皮孔牌啤酒的客栈，他早就百无聊赖得要死；而这个女人又是如此冷淡，如此喜欢冷嘲热讽，从未表现出任何快乐，也不爱聊什么有趣的事！……至于苔蕾丝，则期待重返圣克莱尔，因为此时心情就像个流放者似的，厌倦了暂时栖身的号房，对容她度过余生的岛屿倒充满了好奇。苔蕾丝仔细检查过三个信封上的日期之后，拆开了最早寄出的一封，此时只听贝尔纳发出一声慨叹，并嘟囔了一通，至于到底说了什么，则不得而知，因为窗户敞开着，窗外是十字路口，来往的公共汽车行驶至此处便会猛然提速。他胡须还没剃完就拿起母亲的一封家书读起来。苔蕾丝的脑海里仍浮现着那件松织马甲和他结实的赤膊。和赤膊的苍白突然相接的是颈部以及面部生硬的红色。七月的这个早晨已经笼罩起地狱般的热气。朦胧的日光使得阳台后死寂的墙壁愈加肮脏。他靠近苔蕾丝，大嚷起来：“那一位太厉害了！是的，你的朋友安娜太厉害了。谁会想到我这个妹妹……”

苔蕾丝不解地看着他。

“你能相信她迷上了阿茨维多家的儿子吗？对，正是那位得了肺结核的货色，他们家为了他还把维勒梅佳的宅子拓宽了……没错，看上去还认了真……她说会等到成年后……妈妈写信说她彻底疯了。但愿德吉雷曼家不知道这事。否则，小德吉雷曼很可能不会再求婚。你收到她的来信了吧？反正，我们看看就知道了……那么快拆开吧！”

“我要一封一封地读。而且，我不会给你看的。”

他就知道她是这种人；她总是把事情复杂化。无论如何，重要的是让她劝小丫头清醒点儿：“我父母就指望你了：你让她做什么，她都会照做……没错……没错！……他们把你当救星了。”

趁她换衣服时，他要去拍一封电报并定两张南方快车的车票。她可以着手准备行囊了。

“还不看看小丫头的信，在等什么呢？”

“等你不在场。”

他带上门离开很久以后，她依然平躺在那里，望着对面阳台上嵌着的泛着黑色的巨大金色字母，一根又一根地抽起烟来，然后才拆开了第一个信封。不，不可能，这些激情四射的话，不可能是那个可爱的小傻瓜写的，不可能是那个在修道院长大的思想僵化的孩子写的。此等的雅歌[①]不可能是从那颗干涩心灵中迸射而出的——她拥有一颗干涩的心灵，苔蕾丝想必是知道的！眼前这份冗长而幸福的幽怨是一个内心被占据的女人才能发出的，是波澜乍起便会喜极而死的肉体才会发出的：

我遇到他时，无法相信那便是他：他喊叫着和狗一起玩奔跑游戏。叫我如何相信这是个重病缠身的人呢……可他分明没病：只是因为他的家族中有过不幸的病例才格外当心而已。他甚至算不上纤瘦——说体型苗条更恰当一些；此外，就是他太习惯于被溺爱，被娇生惯养……说出来肯定叫你难以相信：天气一转凉，都是我忙着去替他取斗篷的……

① 雅歌：《旧约·诗歌智慧书》的第五卷。此处意指安娜写的信如赞美诗一般。

假如此刻贝尔纳回房间的话，他会发现坐在床上的这个女人不是自己的妻子，而是一个他不认识的人，一个陌生且叫人难以名状的女人。她扔下香烟，拆开了第二封信：

多久我都要等；没有什么阻挠会让我害怕。我的爱意甚至不会感到任何阻挠的存在。他们把我留在圣克莱尔，可阿尔热卢斯也没有远到他和我无法见面。你还记得那个猎鸽棚吗？亲爱的，是你预先选好了一个好地方，叫我得以体验如此的快乐……哦！千万别以为我们会做什么出格的事。他如此脆弱。你无法想象他这种男孩儿。他跟你一样，学习很用功，读了很多书。一个小伙子这样勤奋，不会让我恼火，我从未想过对他冷嘲热讽：如果能让我变得像你一样博学，我有什么不可以放弃的呢？亲爱的，还有哪种幸福是你现在拥有而我尚未体验的，还有哪种幸福叫人只要想想都会令人觉得分外甜美？在你一向喜欢咱俩带了下午茶点去吃的那个猎鸽棚里，我待在他身旁就会心生幸福，那感觉伸手可触。可是我总觉得在此等欢愉之外还有一种快乐。每当让面色苍白地远去后，对我们相拥时的情景的回忆，对明天的憧憬，都让我听不进去家里这些人的埋怨、哀求和谩骂，这些可悲的人不懂得，也从未体验过……亲爱的，原谅我——瞧我说的，就好像在说你也没体验过这种幸福似的。其实，和你比起来，我不过是个小学生而已，所以我确信你会和我们站在一起反抗那些想要伤害我们的人。

苔蕾丝又拆开第三封信，只有草草数行：

亲爱的，回来吧。他们把我们拆散了，还看着我，不让我出去。他们以为你会站在他们那边。我说要请你评评理。我会告诉你一切的。他没病……我幸福并痛苦着。我想到是为他而痛苦便觉得幸福，我同样将他的痛苦视作他对我爱的标志并看重他的这份苦痛。

苔蕾丝没有继续读下去。在她将信塞回信封时，看到一帧起初并未发现的照片。她在窗户旁端详了一阵那张面孔：那是一个由于头发过于浓密而脑袋显得过大的男孩儿。苔蕾丝从这张相片上认出了拍摄地点，让·阿茨维多像大卫一样站在那条路堤上（身后是几只正在啃草的绵羊）。他将外套搭在胳膊上，衬衫略微敞开着……“一次他所谓的下不为例的拥抱……”苔蕾丝抬起头，对镜子里自己的面容感到惊讶。她做了一番努力才松了松牙齿，吞了吞口水。她在太阳穴和额头上擦了些古龙水。“她倒是体验到了这份快乐。那我呢？我呢？凭什么我就无权体验？”照片被搁在了桌子上，旁边是一枚闪闪发光的发针。

“我做过那种事。我居然做过那种事……”下坡时，火车猛地向前俯冲并颠簸起来，苔蕾丝反复念叨着，“已经是两年前的事了，在酒店的客房里，我拿起发针，朝照片上男孩儿的胸口刺去——我就跟做一个寻常的动作一样，安静，没有丝毫的愤怒。马桶，我然后将被我扎过的照片扔进了马桶，并放水一冲了之。”

贝尔纳回来时，发现她神情严肃，显然是经过了一番思考并制定了行动方案，因此顿生钦慕之情。可她抽烟抽得这么凶并不好：她这是在自杀！据苔蕾丝说，不应把小女孩儿的一时脑热太当回事。她保证会让她清醒过来……贝尔纳希望苔蕾丝不会让他失望——他摸了摸兜里的两张返程票，很是愉快；想到家里人已经得仰仗自己的妻子了，便感到尤其神气。他告诉她不管花多少钱，他们此次旅行的最后一次午餐都要到森林餐厅去吃。

在出租车中，他聊起了开猎后的计划。他急切地想试试巴里翁替他驯的那条狗。他的母亲写信告诉他，在用烧灼器治疗后，母马不再跛脚了。餐厅里还没有几个食客，令他们局促不安的是一套套数不清的餐具。苔蕾丝认出了这里的气味：是天竺葵和卤水的味道。贝尔纳从未喝过莱茵河畔的葡萄酒：“见鬼，他们这里不供应这种酒。”不过美事儿也不是天天有的。贝尔纳的身躯遮挡在苔蕾丝和大厅之间。安静的汽车缓缓地行驶并停靠在大镜子后面。她看到贝尔纳两耳边跳动着两块她晓得应该称作“颞肌”的东西。几口酒下肚，他马上面色赤红：不失为一个俊俏的乡下男子，只是几个星期以来，无处燃烧每天吃下去的酒水和食物的热量，使得他……她对他说不上厌恶；但她又何其渴望独自一人，好好思索一下自己的痛苦，好好找寻令她痛苦的症结所在！简而言之，就是希望他消失，希望自己无须再被迫吃饭，无须再强作欢颜，她不愿再去留意自己的表情是否应景，不愿再去留意自己的目光是否过于炽热，只希望能够自由地凝神和审视这份神秘而绝望的感受：有一个人正在逃离你以为她会同你厮守到终老的荒岛，她终归会越过将你和他人隔开的鸿沟，并加入他们的阵营，最后改换生活圈子……不，哪个人又曾真的改换过生活的圈子呢？安娜·德·拉塔芙向来都属于那种生活简单的人；在昔日孤独的假日里，她所看见的那位脑袋枕在她膝盖上入睡的女孩儿，只是一个幻影而已——真正的安娜·德·拉塔芙，那个如今在位于圣克莱尔和阿尔热卢斯两地之间的废弃猎鸽棚里与让·阿茨维多幽会的她，苔蕾丝向来都不曾认识过。

“你怎么了？你不吃吗？不能给他们剩下：钱花了不少，要是剩下就可惜了。是天气太热吗？你不会昏倒吧？还是已经……晕了呢。”

她报以微笑，然而只有嘴角堆出一丝笑容。她说在想安娜的恋情（她需要谈谈安娜）。贝尔纳说，既然她会处理此事，当然很是放心。她问为什么他的父母如此反对这桩婚事。他觉得她是在揶揄他，求她别又在那里追求标新立异。

“首先，你知道他们是犹太人。妈妈认识阿茨维多的祖父，他可是个拒绝受洗的人。”

但是苔蕾丝却说，在波尔多没有比这些来自葡萄牙的古以色列姓氏更古老的事物了。

“咱们的祖先还是贫穷的牧羊人，还在沼泽地里因为发烧而打颤时，阿茨维多家族就已经是上层人了。”

“瞧你说的，苔蕾丝，别为了争论而争论；所有的犹太人都是一个德性……而且他们这户人家有严重的遗传缺陷——他们骨子里就有带结核病菌，这谁都知道。”

她点着一支烟，点烟的动作向来都让贝尔纳觉得不成体统。

“你再好好跟我说说你祖父和你曾祖父是怎么死的？你娶我的时候有担心过我的母亲是怎么死的吗？你以为咱们祖上结核病人和梅毒病人就少吗？也是到处传染。”

“苔蕾丝，请恕我直言，你太过分了。即便是开玩笑，即便是为了激怒我，你也不能拿家族说事儿。”

恼怒之余，他摆出一副高贵的姿态——既想对苔蕾丝居高临下，又不能让她觉得可笑。

但是她坚持己见说：“咱们这种家族就跟鼹鼠一样谨小慎微，让我觉得好笑！一边对外在的缺陷深恶痛绝，一边却是对不为人知但为数不少的各种缺陷不闻不问，这两种态度也是绝配……而你自己也在使用‘暗疾’这个说法，不是吗……对于一个种群而言，最可怕的病症难道不正是那些暗疾本身吗？咱们这些家族从来不会考虑这个问题，而是不约而同地想要遮盖和掩埋家族的丑料：要不是用人给传了出去，谁都不会知晓。幸好有用人……”

“我不会回应你的，你一旦开了火，最好就是等你说个够。跟我这么说倒是没什么大碍，我知道你不过是闹着玩儿而已。

但是，你知道，在家里就不行了。不能拿家族的事开玩笑。”

家族！苔蕾丝任由手中的香烟渐渐熄灭，她定睛望着那个钉着无数条鲜活的栅栏的牢笼，笼壁上还贴满了耳朵和眼睛，她双臂抱着双腿，下巴靠着膝盖，蹲在里面，一动不动，只有等死的份儿。

“苔蕾丝，瞧你，别这副神情：你要是看得见自己是什么样子的话……”

苔蕾丝又报以微笑，并重新戴起面具：“我刚才跟你闹着玩儿的……你真傻，亲爱的。”

但是在出租车里，当他靠过来时，她却用手挡住他，推开他。

返乡前的这个晚上，他们九点钟就躺下了。苔蕾丝吞了一片药，但是太想入睡，反而没了睡意。不过，她的精神却一时陷入了恍惚，贝尔纳趁机令人费解地嘟囔着转过身来，她感到那副硕大而滚烫的身躯紧紧地贴向她。她推开他，不想再忍受他的欲火。她索性把身子挪到床铺的最边沿处。然而，几分钟后，仿佛他的肉体可以不受缺席的精神支配一般，又朝她滚了过来，甚至在睡梦中还在胡乱地找寻他平日里享用惯了的猎物。她粗暴地伸出手，再次将他推开，并尽量避免将他弄醒。啊！要是一下子让他永远滚开呢！把他推下床，推到黑暗之中。

汽车的鸣笛声透过巴黎的夜色交相呼应，就如同月明之夜阿尔热卢斯争相啼唱吠叫的鸡犬一样。没有一丝凉意从街巷中飘来。苔蕾丝点亮一盏灯，臂肘支在枕头上，看着身边这个一动不动的男人——这个二十七岁的男人：被子被他掀到了一边；几乎听不到他的呼吸声；凌乱的头发盖住了他还算光洁的额头和没有一丝皱纹的太阳穴。此刻这位赤裸、无害的亚当正在熟睡，梦境深沉，仿佛永远都不会醒来。女人给这个身体盖上被子，并起床取出没有看完的信，靠近灯光读了起来：

……假如他叫我跟他走，我会头也不回地放下一切。在拥抱到极尽炽热的当口儿，我们停了下来，倒不是由于我的抗拒，而是出于他的意愿——确切地说，是他在抗拒我，而我则希望触及那未知的边缘，他常常跟我说只要靠近那边缘，便胜却任何一种快乐。听他这么说，好像永远都不应多迈出一步似的。能够在

陡坡上刹车，这让他感到自豪。他说要是换了别人，

一旦开始了，便会无法自已地继续滑落下去。

苔蕾丝打开窗户，身子朝由石壁围成的深渊斜倾着，将信纸撕成碎片，黎明前的巷子里只有一辆双轮托兜车发出的响声在回荡。纸屑盘旋而下，落在楼下的阳台上。少妇嗅到了草木的味道，那是何方乡野向这片柏油沥青铺成的荒漠送来的气息？她幻想着自己的身体在路面上摔成一摊肉饼的情景——四周还会熙熙攘攘站满警察和围观者……苔蕾丝，你的想象力如此丰富，是不可能自杀的。其实，她并不想死。还有一件要紧的事在召唤她，此事既非复仇，也非泄愤，而是圣克莱尔家里那个小蠢货还真以为世间有幸福这种美事呢，得叫她和我苔蕾丝一样不相信幸福的存在。她们之间固然没有什么别的共同之处，但有一点却是一样的，那便是二人都活得百无聊赖，都缺乏崇高的目标和高尚的责任感；除了那些庸俗的日常习惯，二人都别无可恋，都在陷入一种无法慰藉的孤寂之中。黎明的曙光照亮一道道屋顶。她上床回到一动不动的男人身旁。但是她刚一

躺下，他就靠了过来。

醒来时，她清醒且理智。为何要如此地折腾呢？她的家人向她求助，她按照家人说的做就是了。这样她便可以万无一失，不会做出出格的事。贝尔纳反复说，假如安娜错过和德吉雷曼家的儿子的婚姻，事情将会无法收场。苔蕾丝同意他的看法，德吉雷曼家族不是他们那个阶层的人，诚然德吉雷曼祖父是个牧羊人，可是他们家拥有当地长势最好的松树；而安娜毕竟也并非十分富有，她能指望父亲给她的，就只有郎公镇附近沼泽地上的那片葡萄园而已——而且隔年便会饱受水患之苦。安娜无论如何都不能错失同德吉雷曼家缔结姻缘的良机。房间里巧克力的气味让苔蕾丝感到阵阵恶心；这番微弱的不适感正是对其他症候的印证：她这是已经有了。“最好赶紧生一个，”贝尔纳说，“省得以后还得想着这件事。”他怀有敬意地端详着妻子，她肚子里可是怀着无尽松林的唯一主人呢。

第五章

第五章

马上就到圣克莱尔了！圣克莱尔……苔蕾丝用目光丈量她的思绪走过的小路。贝尔纳会同意一直追随她来到这里吗？她不敢奢望他肯答应与她一起在这条弯曲的道路上缓步徜徉，可最重要的事还没吐露呢。“等和他一起来到我眼下所处的小径后，我还得想想这一切该如何从头说起。”

她想到自己本身就是个谜团，自问那个刚来圣克莱尔定居时被所有人夸赞明智的资产阶级少妇哪里去了，并回忆起婚后前几个星期在公婆家阴凉的房子里度过的时光。

房子靠近公共广场一侧的护窗板向来都是关着的；而左侧则有一道栅栏将绽放着天芥菜、天竺葵以及碧冬茄的五彩缤纷的花园送入她的眼帘。德·拉塔芙夫妇曾一度埋伏在一楼一个阴暗的小客厅里；安娜则被禁足在花园，因此只好在园子里游荡。苔蕾丝进进出出，在双方之间扮演着密友和知心人的角色。

她对德·拉塔芙夫妇说："你们先做出个让步的姿态，提议她不要急于做任何决定，等外出旅行回来后再说，我保证她会接受你们的提议。趁你们不在场时，我相机行事。"如何相机行事？德·拉塔芙夫妇猜到她要先认识认识阿茨维多这个年轻人。"母亲，您硬碰硬不会有结果。"听德·拉塔芙太太的口气，事情还没有败露，总算是谢天谢地。邮政员莫诺小姐是唯一的知情人，她曾拦截过安娜寄出的好几封信。"这姑娘守口如瓶，而且咱们能拿住她，她不会乱说的。"

"尽可能别让她遭罪……"维克多·德·拉塔芙反复说道。可是，向来对安娜哪怕最荒唐的任性行为都百依百顺的他，也只好赞同妻子的决定道："要想摊蛋饼，就不能舍不得把鸡蛋打碎了。"他又补充说："总有一天她会感谢咱们的。"话是没错，可在这一天到来之前，她会不会相思成疾呢？夫妇二人目光游移，沉默不语。他们大概想起了他们的孩子在烈日的炙烤下抗拒一切食物的情形：她视而不见地踩在花朵上，迈着母鹿般的步伐，为寻找一个出口而沿着栅栏徘徊。

德·拉塔芙太太摇摇头："我总不能替她把肉汤喝了吧，

是不是？她拼命吃花园里的果子，就是为了吃饭的时候不动盘子里的菜。”维克多·德·拉塔芙说：“咱们要是顺着她的话，她以后准会埋怨咱们的……单是想到生出一群可怜的孩子，就……”他的妻子怪他都什么时候了还在为下狠心而搬出各种借口，于是说道：“幸好，德吉雷曼一家还没回来。他们对这桩婚事格外上心，也算是咱们走运……”

等苔蕾丝离开了客厅，他们彼此问道：“在修道院里，他们都在给她的脑子里灌输些什么呢？在咱们家里，大家给她树立的可全是好榜样，咱们也一直在检查她阅读的书籍……苔蕾丝说要想让小女孩儿昏了头，没有什么比‘好书榜’里那些言情小说更糟糕的了……可她自己却总是自相矛盾……不过，谢天谢地，幸好安娜没有读书的癖好。在这一点上，我一向没有什么微词。在这方面，安娜也堪称大家闺秀了。说到底，咱们要是能给她换个环境的话……你还记得吗？她由于支气管炎引发了麻疹，后来去萨利疗养，效果还不错。她想去哪儿，咱们就带她去哪儿。叫我说，这是最好的办法了。其实，这孩子也是挺可怜的。”德·拉塔芙先生低声叹息起来：“哦！让她跟我们一起旅行……”他的妻子有些耳背，问他：“你在说什么？”“没什么！没什么！”他回答道。这个早已觅得人生归宿的老人，在回望生命的历程时，突然间想起了哪一次恋爱旅行呢，突然忆起了爱欲青春里的哪一段甜蜜时光呢？

花园中，苔蕾丝朝女孩儿走去，女孩儿身上穿着去年的长裙，显得过于宽松。

“怎么样？”苔蕾丝刚一靠近，她就问道。

园中的小径上宛若撒了一层灰烬，干燥的草地踩上去发出咯吱咯吱的声音，天竺葵散发出炙烤过的气味，而这个女孩儿在八月的午后比任何一株草木都更加无精打采，苔蕾丝心中又想起过往的一切，想起有时暴风骤雨会将她们赶进花棚中躲藏起来，而花棚的玻璃则会在冰雹的击打下发出阵阵的响声。

“你反正也见不到他，离开这里又有什么要紧呢？”

“我见不到他。但是，我知道他在据此十公里的地方喘息。东风吹来时，我知道他会和我同时听到钟声。贝尔纳在阿尔热卢斯，还是在巴黎，对你来说也是一回事吗？我见不到让，但我知道他离我并不遥远。每个星期天，做弥撒时，我甚至不会回头找他，因为从咱们家所在的位子，只看得到圣坛，咱们和其他人之间隔着柱子。可是在散场时……”

“他这个星期天没来吧？”

苔蕾丝知道，她知道，安娜被母亲拽走时还在人群中苦苦寻觅那张缺席的面孔。

“也许是病了……他的信都被拦截了，我一点儿消息都没有。”

“也是奇怪，他就没办法传个话给你！”

“苔蕾丝，如果你愿意的话……是的，我知道你的处境也很尴尬……”

“答应他们去旅行吧，趁你不在家，或许……”

“我不能远离他……”

“反正他都会走的，亲爱的。过几个星期他就会离开阿尔热卢斯。”

“啊！别说了。想想都叫我受不了。也不见他写来只言片语好让我得以续命。我快要死了，我必须时时刻刻回忆他那些曾为我带来过极大欢愉的言语才行，但是，反复回忆这些话时，我却不再确定他是否真的这么说过了。对了，比如这一句，是上次见面时他对我说过的：‘我的生命中除您之外，别无他人……’他是这样说的，当然也有可能说的是：‘您是我生命中最亲爱的人。’我记不准确了。”

说着，她皱起眉头，仿佛在倾听这句被她无限放大了寓意的软言慰语的回音。

“这个男孩儿究竟是个怎样的人呢？”

“你想象不到。”

“就如此与众不同？”

“我想向你描绘他是怎样的人……可是他的存在远非我的言语所能讲述……反正，你可能会认为他很平凡……但我确信他不同寻常。”

她对心上人的爱慕让她觉得这位小伙子光彩夺目，可他身上到底哪一点可人，她却丝毫说不上来。“而我，”苔蕾丝思忖道，“激情会让我愈加清醒。我心仪的人，他身上什么都逃不过我的眼睛。”

“苔蕾丝，要是我答应去旅行，你会去见他，并向我转达他说的话吗？你会把我的信带给他吗？假如我离开，假如我有勇气离开的话……”

离开了光与火的地带，苔蕾丝又如同阴郁的黄蜂一般潜入公婆的书房，他们在那里等待酷热褪去，等待女儿屈服。苔蕾丝就这样来来回回走了许多遭，才最终说服安娜动身旅行。或许，要不是德吉雷曼一家归期在即的话，苔蕾丝也未必能够得手。安娜面对这突如其来的风险，的确感到忐忑不安。苔蕾丝也一直对她絮叨说作为有钱男人而言，这个德吉雷曼够不错了。

“可是，苔蕾丝，我都没仔细瞧过他，只记得他戴眼镜，秃顶，是个老头子。”

“他二十九岁……”

“我说得没错：他是个老头子。反正，老不老的……”

晚饭时，德·拉塔芙夫妇聊起比亚里茨[1]，并打听起一家酒店的情况。苔蕾丝观察着安娜，观察着这具僵化的、失去了

---

① 比亚里茨：法国西南部海边小城。

灵魂的躯体。“逼自己喝一口……得逼自己喝。”德·拉塔芙太太不停地唠叨着。安娜动作机械地将汤匙朝嘴边送去。她的眼神中毫无光泽。除了那位不在场的男孩儿之外，任何人和事在她眼里都形同无物。偶尔会有一个微笑在她唇边掠过，那是因为她想起了曾经听过的一句话，曾经体味过的一个拥抱。当初，在那座杂草树枝搭成的茅棚里，让·阿茨维多用力过猛，还差点儿撕坏了她的衬衫。苔蕾丝望着贝尔纳倾斜在盘子上的胸脯：他坐在背光的地方，因此她无法看见他的面孔。但是她听得到他缓慢的咀嚼声，那是他对神圣的食物进行“反刍”的声音。她离开餐桌。她的婆婆说：“她更希望不引人注意。我想对她好一点儿，但她不喜欢让人照料。就这个阶段而言，她的孕吐状况已经很不错了。但是她抽烟太多，她自己也这么说，可是说了也白说。”德·拉塔芙太太想起自己怀孕时的情形：“我记得怀你的时候得闻橡胶球——只有这样才不恶心。”

“苔蕾丝，你在哪儿呢？”

“这儿，椅子上。”

“啊，对，我看见你的香烟了。”

安娜坐下来，将头靠向一只无动于衷的肩膀，望着天空，说道：“他也看得见这星星，听得见这晚祷的钟声。”她又说道，“苔蕾丝，抱抱我”。

可是苔蕾丝没有靠向这颗充满信任的脑袋，只是问道：“你痛苦吗？”

“不，今晚我不痛苦。我现在是冷静的。我懂了，无论如何我都会和他在一起。重要的是要让他知道这一点，他会通过你知道的：我决定去旅行。但是旅行回来后，我会穿过铜墙铁壁，迟早都要扑向他的怀抱。对此，我像对自己的生命一样有把握。不，苔蕾丝，不，你就别教育我了，也别拿家人跟我说教……”

“亲爱的，我想到的不是家人，而是他：你不可能就这样闯入一个男人的生活。他同样也有他的家人，他的利益，他的工作，有可能还有他的恋人呢……”

“不会的，他对我说过：‘我的生命里只有您……’有一次，他还对我说：‘我现在唯一珍重的是我们的爱情……’”

“‘现在’？”

“你想什么呢？你以为他说的仅仅是现在吗？”

苔蕾丝无须再问她痛苦与否：她听得出阴影里的她很痛苦，却丝毫不感到同情。她有什么好同情的呢？能够不停地念叨和我们心灵紧密相连的某个人的姓氏与名字，是何等的温馨！只要想到他活着，他在呼吸，只要想到他每晚脑袋枕着胳膊入睡的样子，想到他黎明便会醒来，想到他用青春的身姿拨开浓雾的样子……

“你哭了吗，苔蕾丝？是因为我吗？你啊，你是爱我的。”

女孩儿跪下来，将头贴向苔蕾丝的腹部，然后突然起身：“我感到不知是什么在我的额头下跳动。”

“是的，几天来一直在动。”

“胎儿？”

“对，已经是个生命了。”

她们就像从前在尼藏公路上和阿尔热卢斯小路上散步时那样，相互搂着腰返回屋内。苔蕾丝还记得，当时很怕增添这么一份悸动的累赘。她灵魂深处的多少激情将会渗入这团尚未成形的血肉！她又回想起那天晚上对着敞开的窗户坐在房间里的情形（贝尔纳从花园里冲她喊："别开灯，会有蚊子进去。"）。分娩到来前，她一个月一个月地数算着。她多么希望结识一位神灵，好让这个与自己的五脏六腑融为一体的东西永远不要露面。

第六章

奇怪的是，苔蕾丝此刻回忆起安娜和德·拉塔芙夫妇离开后的日子，就如同回忆一段麻木的时光一般。

按照约定，她留在阿尔热卢斯的目的是寻找机会影响阿茨维多并让他放手，可事实上，她却只想休息和睡觉。贝尔纳答应不住在自己的宅子里，而是搬到苔蕾丝的宅子里去住，那里更舒适，而且克莱拉姑妈也会为他们省去家务的劳烦。对苔蕾丝而言，其他人有什么要紧的呢？他们的事情他们自己完全可以处理。在把孩子生下来之前，能带给她些许快乐的就唯有这份迟滞状态了。

贝尔纳令她气恼，每天早晨他都要提醒她曾答应找让·阿茨维多谈谈。但苔蕾丝对贝尔纳也没什么好气，她越来越无法容忍这个男人。正如贝尔纳所认为的那样，很可能她的这种脾气和怀有身孕不无关系。而他自己也已经开始遭受他这个家族的男人所共有的某种执念的打击了，虽然他们担忧的事情鲜少出现于三十岁之前。一个身强体壮的男孩儿偏偏心怀对死亡的恐惧，这让人不解。他总辩驳说：“我是什么感受，您不会知道。”这种话让人该如何回答？那些生活闲散、饭食充裕的饕餮之徒，他们的身体每每徒有强壮的表象。假如一株松树种植在施过肥的沃土中，长势倒是很快；但很快就会变成一棵空心树，正值壮年就要砍掉了事。

“是因为太紧张了。”人们都对贝尔纳说。但他自己知道身体出了什么问题，出了什么裂痕。此外，叫人难以置信的是他不再进食却也不觉饥饿。“你怎么不找个医生瞧瞧呢？”他耸耸肩，故作淡然。其实，也许和死亡的宣判相比，这种不确定的状态并没有那么可怖吧。

夜间，有时一阵沙哑的喘息声将苔蕾丝惊醒：这时贝尔纳会抓住她的手贴在他的左胸前，让她感受他的心律不齐。她则会点上蜡烛，并下床为他冲泡一杯缬草茶。真是不凑巧，这杯冲剂居然可以缓解他的症状！为什么不是一剂致命的毒药呢？如果不让他永远安静下来，如果不让他永远睡去，那真是拿他别无办法。这个动辄唉声叹气的男人，为什么要惧怕一桩可以永远为他带来安宁的事件呢？他先她睡着了。这具硕大的躯体发出的呼噜声有时听上去像是惊惶的呐喊，这叫旁边的她如何入睡呢？谢天谢地，他不再靠近她——在他看来，爱的举动是所有运动中对他的心脏最危险的项目。黎明的公鸡一齐唤醒各处的佃庄。东风里滴答回荡着圣克莱尔晨祷的钟声。苔蕾丝终于闭上了双眼。这时，男人的身子又躁动起来——他迅速穿好衣服（并在冷水里好歹洗了把脸），一副农民的做派。他像狗一样钻进厨房，急于从储藏柜里找点儿隔夜菜充饥。他随手抄起一块鸭架或一片冷腌肉，站在那里便吃起来。有时从储藏柜里找到的是一串葡萄和一片抹了大蒜的面包片。这算是他一天中最美味的一餐了！他还会扔几片吃的给一直在咂巴腮帮子的火把和黛安娜[①]。浓雾中已有了秋天的味道。这是一天中贝尔纳不再难受的时刻，他再次在自己身上感到了青春四射的活力。不用多久，斑尾林鸽就要飞来了：届时他需要备好诱鸽，还得

① 火把和黛安娜是贝尔纳家里养的两条狗。

戳瞎诱鸽的眼睛。十一点时，他发现苔蕾丝仍然躺在床上。

“怎么样？阿茨维多家的儿子那边怎么样了？你知道吗？母亲还在比亚里茨等信儿呢，等着那封让你寄‘存局候领’的邮件。”

“你的心脏怎么样？”

“别跟我提心脏。你只要一提，我就又感到它在怦怦跳动。当然，这恰恰说明是紧张的缘故……你也觉得是紧张的缘故吗？”

而她却向来不会给出他期待的回答。

“这可不好说。你什么感觉，只有你自己知道。并不能说因为你父亲死于心绞痛……尤其是在你这个年纪死的，就……当然了，心脏显然是德斯盖鲁家族的弱点。贝尔纳，你怕死起来，可真是好笑！你从未像我一样深深地感到人生的无谓？从没有？你不觉得我们这类人的生和死可怕地相似？”

他耸耸肩：她这是在拿些似是而非的话来吓唬他呢。要聪明也没什么了不起的：只要把事情做得处处和“明智”二字背道而驰即可。而她花力气来对付他，的确也并不高明，他又补充说，最好省下精力来和阿茨维多家的儿子好好谈谈。

“你知道他十月中旬就要离开维勒梅佳了吗？”

到维朗德罗了，也就是圣克莱尔前面那一站，苔蕾丝思忖道：“如何让贝尔纳相信我没爱过那个男人呢？他肯定会觉得我深爱过那个人。就像所有对爱情一无所知的人一样，他以为我担的这项罪名只会因激情而起。”应该让贝尔纳知道，尽管那个时候他每每令她觉得很倒胃口，可是他们之间却远远谈不上什么深仇大恨。况且她也想不到有什么别的男人可以取代他。无论如何，贝尔纳还算不上差劲。她厌恶小说中呈现一些出类拔萃的人，他们是实际生活中无论如何永远都遇不上的。

她曾认为她认识的唯一一个优质男人，那便是自己的父亲。她曾努力赋予这个倔强而多疑但在多个领域长袖善舞的极端分子一些伟大的色彩。除了在B城拥有一家锯木厂外，他还拥有工业，他会亲自在圣克莱尔的一座工厂中加工他自己家和许多亲戚家出产的树脂。作为政客，他那令人恼火的行事作风给他带来的固然首先是伤害，可他在省政府说话也算得上一言九鼎了。只是，他对女人竟然如此地不屑！连对苔蕾丝的看法也不例外，哪怕是在人人都称赞她聪明那会儿。自从案件发生后，他反复对律师念叨说："她们全都一个德性，不是白痴就是歇斯底里！"这个与神职人员为敌的男人，却每每表现得很是羞涩。尽管他偶尔也会哼唱一句贝朗瑞[①]的曲子，却无法容忍有人在他面前触碰某些话题，他还会像个少年郎一样臊得脸红。贝尔纳从德·拉塔芙先生那里听说拉罗克先生结婚时还是处男身，并渲染说："那些先生们常常对我说，自从他丧妻之后，没人见他找过情人。你父亲，可真是个人物。"

是的，他的确是个人物。不见面时，苔蕾丝会对父亲保有美好的印象。但是，只要一见面便会把他的卑下看得清清楚楚。他几乎不来圣克莱尔，而是经常去阿尔热卢斯，因为他不想撞见德·拉塔芙一家。在他们面前，尽管政治是禁忌的话题，可

① 贝朗瑞(1780—1857)：法国诗人、词作家、作曲家，代表作有《莑乐情歌集》。

是汤品一端上来，便会发生一场愚蠢的争吵，并很快便以不愉快收场。

苔蕾丝觉得连参与争吵都是耻辱：她傲慢地极力不让自己开口讲话，除非话题涉及宗教。这时她便会忙不迭地替拉罗克先生帮腔。每个人都会喊叫起来，甚至连克莱拉姑妈都从中捕捉只言片语，并掺和进来，用聋子特有的瘆人腔调肆意宣泄一番她作为老极端分子的激昂之情，她声称“了解修道院是怎么回事”。其实，归根结底（苔蕾丝如是想），克莱拉要比德·拉塔芙家的任何一位成员都要虔诚，她向那位无限存在的神公然宣战，因为是他让她又聋又丑，让她到死都不曾被谁爱过、不曾被谁占有过。自从德·拉塔芙太太愤然离席那天起，大家就不约而同地避开形而上学这类话题。何况，光是政治就足以让这些人出离愤怒了。不过，他们无论见解属于左派还是右派，在这条关键原则上却是一致的：地产才是这个世界上唯一的财物，只有拥有土地才没有枉活一世。但是否应当为此做出妥协呢？假如是，做出多大让步合适呢？苔蕾丝血液里就流淌着产权的概念，她本想毫不掩饰地谈谈这个问题，却又憎恶拉罗克和德·拉塔芙两家动不动兜着圈子来掩饰他们这项共同爱好的嘴脸。当父亲宣称要“无懈可击地效忠民主”时，她便会打断他：“咱没必要这样，这里都是自家人。”她说政治上唱高调令她作呕。如果一个国家，最贫穷的人拥有土地，而这些人唯一的憧憬也不过就是拥有更多的土地而已，她看不到存在什么阶级冲突。而且对土地、狩猎和吃喝的共同爱好在所有人之间，在资产阶级和农民之间，缔造了坚实的兄弟情谊。只是贝尔纳额外多受了些教育而已，人们便说他脱离了自己的圈子。苔蕾丝也很庆幸贝尔纳是个可以与之交谈的人：“总之，远远优于他那个阶层的人……”但这些都是她见到让·阿茨维多那天之前对他的看法而已。

那是个前一夜的凉意会持续至翌日整个上午的时节，无论太阳怎样炙烤，下午茶时间一过，一丝雾霭便会早早地挂在那里迎接黄昏的到来。第一批斑尾林鸽飞来了，贝尔纳十有八九直到晚上才会回家。但是，这一日，经过一夜的煎熬之后，他一口气赶去了波尔多，想要做个检查。

“我那会儿什么都不想，”苔蕾丝回想道，“我会去路上散步一个小时，因为孕妇是需要走一走的。我会避开树林，因为树林里到处都是猎鸽棚，得走走停停，还要先吹口哨，听猎人高喊一声准许你通行后，你才能继续前行；而且有时候，呼应你的还会是长长的一阵哨声，接着便有一阵鸽群落在橡树上，这时就得蜷缩起来，以免惊扰它们。然后，我回到家里，在客厅或厨房的炉火旁昏昏欲睡，克莱拉姑妈把我侍奉得十分周到。神祇不会瞩目伺候他的女仆，我也不会去留意这个用鼻子哼哼唧唧唠叨厨房轶事和佃庄轶事的老处女。她之所以反复唠叨，就是为了不用费力气去听别人讲话，话题几乎总离不开佃农们的凄凉遭遇，是她在全心全意、心甘情愿地照料和看顾着他们：其中不乏除了活活饿死别无选择的老人——他们是注定要劳作至死的，还有无人问津的残疾人和被劳动役使至筋疲力尽的妇女。克莱拉姑妈还会用无邪的方言轻佻地转述他们最难听的字眼。的确，她只爱我一个人。她跪下来，替我解开鞋带、脱下袜子，用她苍老的双手替我暖脚，而我却常常对此视而不见。

“巴里翁如果第二天去圣克莱尔，会前来听命。克莱拉姑

妈会列一个单子，并替阿尔热卢斯的病人收集好处方：‘您先去药店，达尔盖备药也用不了一天的工夫。’

“至于我和让的第一次碰面……我得回忆一下每个场景：我选择在我从前和安娜吃下午茶的那间废弃猎鸽棚里见面，我知道从他们认识起她就是在那里和阿茨维多幽会的。不，在我心里，那绝非一次朝圣。不过，废弃的猎鸽棚那边的松树长得十分高大，不会有人前去守候斑尾林鸽，所以我不会打扰到猎人们。这间猎鸽棚之所以被弃用，是因为周遭的森林挡住了视野。树冠四散生长，未给守候者原本可以目睹鸽群突然出现的宽阔空中大道留下延展的余地。好好回忆回忆：十月的太阳仍然有些滚烫，我在那条沙土路上走得很是辛苦，还要饱受苍蝇的侵扰。我的腹部又是如此沉重！我想在猎鸽棚里腐烂的长椅上坐下来。我开门时，刚好走出一个小伙子，没戴帽子。第一眼，我便认出那是让·阿茨维多。我先是以为自己搅了一次幽会，他脸上满是尴尬。我想走开，但是无济于事。很奇怪，他一个劲儿地想留住我：‘别走，太太，进去。我发誓您一点儿都没打扰到我。’

“我进去时，棚子里一个人都没有，这让我感到吃惊。也许牧羊女从另一个出口溜走了？但一根树枝都未见折断。他认出了我，先是提起了安娜·德·拉塔芙的名字。我坐着，他站着，跟照片上同一个站姿。我透过他的托斯诺布料衬衫注视着被我用曲别针扎过的部位：不带任何感情，纯属出于好奇而已。他英俊吗？额头倒是高广——也拥有他那个族群特有的柔和的眼神——但脸颊太肥厚了——何况他那个年龄的男生身上有种让我厌恶的东西：他们脸上长着粉刺，那是血液奔涌的表现，更让人觉得一副脓包样儿；此外，他们的手掌心也潮乎乎的，在和你握手前还得先用手绢擦拭一下才行。但是，他漂亮的目光却是灼热的；我也喜欢他总是微微张开并露出尖利牙齿的大嘴：那是一副艰难忍耐酷热的狗子才具备的嘴脸。那么我呢，我是怎样的？我记得我那天表现得非常得体顾家。我在开口同他讲话时态度就表现得颇为鄙夷，语气庄重地指责他‘给一个体面的家庭带来了动荡和分裂’。啊！如今想想，他则是一副并非伪装出来的惊讶态度，还发出一通孩子般的大笑：‘您以为我要娶她？您以为我在觊觎这份体面？’我一眼便看穿了横在安娜的激情与这个男孩儿无所谓的态度之间的鸿沟，并为之感到惊愕。他激烈地为自己辩驳：当然了，面对一个甜美女孩儿散发出的魅力，怎能不沦陷呢？玩一玩又不犯法。也正因为他们之间甚至不可能谈婚论嫁，所以在他看来玩一玩也无伤大雅。也许他一直都是在装作附和安娜的意图而已……我勃然大怒，打断他，可他依然辩称安娜也可以为他作证，也会承认他一开始就明白他们二人是不会长久的；另外，他毫不怀疑德·拉塔芙小姐多亏了他才有幸在她忧郁的生命中体验到数小时的激情。‘太太，您对我说她很痛苦，可是您觉得在她的命运中有什么比这份痛苦更值得期待呢？我久闻您的大名，也知道可以对您说这样的话，您与本地人不一样。在安娜将要搭乘圣克莱尔那座老房子开启最阴郁的人生之旅前，是我为她备好了一份情感和梦想的资产——这足以把她从绝望中救渡出来，无论如何也可以使她免于麻木了。’我已不记得我当时对他那过分的自负和造作，是觉得肉麻还是充满好感了。他说话的语速着实很快，让我一开始难以跟上他的思路，可是随即我便适应了他的口若悬河。‘您以为本人是期待这样一桩婚事的人吗？您以为本人会在这片沙滩上下锚吗？还是您觉得我会带个累赘的小女孩儿去巴黎？诚然，我会对安娜保存一份可爱的印象，您撞见我那会儿，我正在想她……可是，太太，一个人怎么能被拴住呢？每一分钟都应该为我们带来快乐——带来一种不同于前面种种快乐的快乐。’

“那份青春期动物的贪婪和那份被集于他一人之身的智慧，在我看来是如此的奇怪，这驱使我听他继续说下去，我并不去打断他。是的，我确实是着了魔——天哪，几乎不费吹灰之力，就让我着了魔！我仍然记得外面响起了脚步声、铃铛声以及远远地就在预告牧群到来的牧羊人那粗野的呼唤声。我对男孩儿说我们俩在那间棚子里独处看上去很是好笑。我原本期待他会回答说在牧群过去之前最好不要出声，这样我就可以享受那份肩并肩的沉寂和默契了（此时的我也已变得贪婪起来，也希望每一分钟都能让我体验到活着的意义）。可是，让·阿茨维多却二话不说把门打开，礼貌地走出了猎鸽棚。直到确定我不会再感到任何尴尬后，他才跟着我一直回到了阿尔热卢斯。回去的路上，我只觉得时光倏然而逝，而与我同行的他却有暇搜罗出多种多样的话题侃侃而谈。他彻底刷新了我对那些我自认为略知一二的领域的认知，例如在宗教问题上，就在我发表我在家人面前的老生常谈时，他打断我说：'是的，也许是吧，但事情远没这么简单……'事实上，他在辩论时展现出来的清晰思维令我赞叹……到底就真的如此令人赞叹吗？我觉得如果换作今天，我会排斥这番诱人的言论。他说他在很长一段时间里一度认为没有什么比对上帝的追寻和追逐更为重要。'要登船启程，要浮于大海之上，要像躲避死神一样，远离那些自信找到了上帝并停滞不前、结庐而眠的人，在很长一段时间里，我曾一度鄙视这些人。'

"他问我是否读过勒内·巴赞[①]写的《富高神父传》。我佯装大笑，他斩钉截铁地对我说这本书给他的震撼很大。他补充道：'从深层意义上来说，所谓身处险境，说的并非寻找上帝的过程。找到了上帝，发现了上帝并生活在上帝的轨迹中，这才是真的身处险境。'他还向我描述起'神秘主义者的冒险'，

① 勒内·巴赞（1853—1932）：法国小说家。

并埋怨自己的个性无法让他尝试这种冒险。可是无论怎么回想过去，他都不记得自己曾经纯洁过。

“如此的不知矜持，聊起自己时如此轻巧，这和外省人的内敛以及我们每个人面对家人时对内心世界守口如瓶的习惯相比，让我觉得迥异而特别。在圣克莱尔，人们的闲言碎语不过是流于表面现象而已，至于内心世界，人们则是无法坦诚流露的。譬如说，我对贝尔纳究竟了解多少呢？在真的尝试刻画他的形象时，我才发现，贝尔纳身上的特质和我平时对他的草草了解相比，岂非丰富得多？让我高谈阔论，我无以置喙：我能说的不过是和家人讨论时惯用的套话而已。本地所有马车的车轮都要合辙，换言之，左右车轮之间的距离要足够宽，才能和货车碾压出的车辙恰好贴合。而我的思维直至今日也都与父亲以及公婆的思维合辙。让·阿茨维多没戴帽子，我依旧记得他的衬衫一直敞开到胸口，袒露出他少年的肌肤和坚实的脖颈。我被他的外貌吸引过吗？啊！天哪，并没有！但他是我遇到的第一个把精神生活看得比什么都重要的男人。他反复向我提及他的师长和他的巴黎朋友们的言论或著作，这些人的存在让我无法将他视为个别现象：他属于一个庞大的精英群体，属于他所谓的‘存在的人’。他说出一些人名，甚至难以料到我对这些名字闻所未闻，而我则假装并非第一次耳闻。

“阿尔热卢斯的田野出现在道路的转弯处。‘这么快就到了！’我喊道。燃烧的杂草散发出的烟雾紧贴着这片刚刚收割过黑麦的贫瘠土地匍匐蔓延。在路堤的豁口处，羊群宛如肮脏的牛奶一般四溢开来，看上去像是在啃食地上的沙土。回维勒梅佳时，让需要穿过田野。我对他说：‘我送送您，我对这些问题都很有兴趣。’但此时的我们却不知该聊些什么，黑麦收割后留下的麦茬透过拖鞋将我戳痛。我发觉他希望一个人走回去，也许是想自由自在地放飞闯入脑海的思绪吧。我提醒他说我们还没有谈安娜的事。他坚定地对我说，我们既没有选择谈话主题的自由，也没有选择我们冥想主题的自由。‘或者，要么就遵从神秘主义者开创的方法吧，’他又傲慢地补充道，‘我们这种人总是要随波逐流、顺坡而下的。’就这样，他将一切问题和当时正在阅读的内容联系起来。关于安娜的事，我们决定炮制一套行动计划，因此约好了下次见面的时间。他讲话时心不在焉，对我提出的问题避而不答，反而伏下身子，如同孩子一般伸手指向一株牛肝菌，并将鼻子和嘴唇凑了过去。”

第七章

第七章

贝尔纳立在门槛上，等候苔蕾丝的归来。“我没病！我没病！”他一看到阴影里她的裙子，就喊起来，“你看我这么结实，会觉得我贫血吗？可我的确是贫血，实在不可思议。所以也不能只看外表。我会治疗的……就用福勒氏疗法：服用砷剂，关键是得把胃口调养回来。”

苔蕾丝记得自己一开始并未感到恼火：此时，无论贝尔纳说些什么，都（犹如来自远方的打击）不会带给她平时会产生的困扰。她对他的话充耳不闻，她的身心在瞩望另一个世界，这另一个世界中生活着一群贪婪的人，他们如饥似渴，只希冀获得知识和提升自己的理解能力——按照让的说法，那是一群“做自己”的人，让每次说这话时都面露深深的满足感。吃饭时，她终于说到自己和阿茨维多见面的事，贝尔纳对她喊道：“你怎么事先没告诉我呢？总之，你可真有意思！怎么样？你们是怎么打算的？”

她随即编造出一套后来的确也付诸实施了的方案：让·阿茨维多同意写封信给安娜，信中他会小心翼翼地打消她所有的希望。听到苔蕾丝告诉他那个年轻人根本就不在乎和他们结亲，贝尔纳大笑起来：他一个姓阿茨维多家的，不在乎娶安娜·德·拉塔芙为妻！“啊！这么说，是你昏了头吧？十分简单，他知道事不可为；这些人如果确定会一无所获的话，是不会冒险的。宝贝儿，你还是太幼稚了。”

由于蚊子的缘故，贝尔纳没让开灯，因此他看不见苔蕾丝的目光。用他的话说，“他的胃口调养回来了”。波尔多的医生已经帮他恢复了生命力。

“我后来又常常和让·阿茨维多见面吗？他在临近十月末时离开了阿尔热卢斯……我们可能又有过五六次散步经历；我只着重回忆一下我们一起琢磨如何给安娜写信那一次吧。这个幼稚的男孩儿特地使用了些他认为有助于舒缓情绪的套话，我嘴上虽然不说什么，却觉得那些话令人厌恶。但是我容易混淆我们最后几次外出散步的情形，并把它们当成是在一次散步时发生的事。我记得让·阿茨维多向我描述巴黎的样子，向我讲起他的朋友，我的脑海里随之浮现出一个人们以‘做自己’为法则的王国。‘在这里，您到死都注定活在谎言之中。’他是故意说这番话的吗？他以为我有别的选择吗？他说我居然受得了这团令人窒息的氛围，简直是不可思议。‘您瞧瞧这片羁绊了所有灵魂的、广袤而单调的冰层。有时，冰面上会惊现一条裂痕，裂痕下会露出幽暗的水波：有人挣扎过，只留下水波后便消失得无影无踪，冰层也将重新牢牢封住水面……诚然，无论在此处还是在他处，每个人都是带着他个人的法则降世的，无论在此处还是在他处，每个人的命运都是独特的。可是，每个人又都得屈从于这阴郁的共同命运。有些人则会做出抗争，于是便有了家家户户都避而不谈的那些个悲剧。就像本地人说的：‘要守口如瓶。’

“‘啊！对！’我喊起来，‘发现家里的相册上居然找不到某位叔祖或某位祖母的照片，我有时会问起他们的事，但得不到任何答案，只听到过一次坦率的话：‘他失踪了……是被

失踪了。’

“阿茨维多是在担心我也会遭逢同样的命运吗？他坦承不会跟安娜谈论这些事情，因为尽管她富有激情，但到底是颗简单的灵魂，几乎没有叛逆性可言，不久也会被奴役。‘可是您就不同了！我从您的言谈中能感到一份您对真诚的冀望和渴盼……’要一五一十地向贝尔纳转述这番话吗？疯子才会奢望他能听得懂！但无论如何得让他明白，我不是没有经过一番挣扎就缴械投降的。我记得自己曾驳斥那个男孩儿说，他在用巧妙的语句装扮对堕落最卑劣的纵容。我能想得起来的在高中学过的一些德育方面的道德格言也被我派上了用场。‘做自己？’我不停地说道，‘可是只有在不断缔造自我的过程中，我们才存在。’（在此就不必展开解释了，但跟贝尔纳交谈时，也许有必要展开。）阿茨维多不相信还有比拒绝直面自我更糟糕的堕落。他声称任何英雄和圣人都曾多次审视过自己，都先是碰触到了自己的极限。他反复说：‘要想遇见上帝，必须先超越自我。’他还说：‘接受自己，这迫使我们当中最优秀的人都要面对自己，而且是毫不掩饰地直面自己并展开一场不要花样

的搏斗。这就是那些最洒脱的人往往会皈依最狭隘的宗教的原因。’

“不要同贝尔纳去探讨这套思维的合理性，甚至要顺着他称这些话或许不过是诡辩而已。但是得让他明白，得让他尽量明白像我这样一个女人受到了怎样的影响，以及每天晚上我在阿尔热卢斯的饭厅里是什么感受：贝尔纳通常会在不远处的厨房里，边脱靴子，边用土话唠叨一天下来收获如何。猎来的斑尾林鸽被扔在饭桌上，它们挣扎着，将猎物袋撑得鼓鼓囊囊的。贝尔纳不慌不忙地吃着晚餐，沉浸在重获食欲的快乐中，他每每爱惜地数算着每一滴福勒氏砷剂说：‘这是健康之所在。’屋子里，一大团烈焰在燃烧，饭后甜点端上来时，他只需转动一下扶手椅就可以将穿着毡袜的双脚伸向火苗。通常，他会对着一份《小吉龙德报》合上双眼，有时还会打鼾，但一般来说，我甚至听不到他的呼吸声。此时，厨房里仍能听得见巴里翁特趿着旧拖鞋走动的声音，她随后会端来烛台。那时，便只剩下一片寂静：那是阿尔热卢斯的寂静！未曾见识过这片偏僻荒原的人不知道何为寂静：它犹如凝固在这团森林的厚重里一般，紧紧地包裹着房舍，森林里除了偶尔传来几声夜枭的长鸣（深夜中，我们每每以为听到的是我们自己隐忍不发的啜泣之声），了无生机。

“在阿茨维多离开后我对寂静的体味尤其深刻。从前，只要知道天亮后让还会再次出现在我面前，他的存在感便使得外头的黑暗不复如此地阴森可怖。他在不远处酣眠，于是荒原上和黑夜中也处处是他的酣眠。最后一次会面时，他约我一年后再见，他说对我满怀希望，说届时我会获得解脱（至今我都不晓得他是随口一说还是另有深意。不过，我倾向于认为：这个巴黎人已无法忍受沉静，已无法忍受阿尔热卢斯的沉静，但是，他欣赏我，把我当成了唯一的听众。）他刚一离开阿尔热卢斯，我刚一同他离别，就感觉自己钻入了一条无尽的隧道，陷入了一团不断洇开的阴影。有时我自问在窒息而死前会否等得到自由空气的到来。不过，直到一月份分娩之前，一切都安然如故……”

想到这里，苔蕾丝犹豫起来，极力让自己不去想让离开的第三天发生在阿尔热卢斯家中的事情。“不，不。”她思忖着，“这些和我一会儿要同贝尔纳解释的事毫无关系。我没有时间在无谓的线索上耽搁。”可是思绪却偏偏不听指挥，她无法阻止它朝它想去的方向飞奔。苔蕾丝抹不去关于十月那个晚上的记忆：贝尔纳正在二楼除去外衣，苔蕾丝想等木柴燃尽后再上楼——能够独处一会儿是件幸福的事。让·阿茨维多此刻正在做什么呢？也许正在那间他曾经提及的酒吧里喝酒或者正跟某个朋友在空旷的布洛涅森林中驾车疾驶吧。也有可能正在伏案工作呢，而远处则是喧嚣的巴黎城。是他在营造寂静，在从嘈杂中争得一份寂静。不同于令苔蕾丝窒息的寂静，他的寂静并非不由分说地来自外界。这寂静是他自己的作品，其范围不过台灯光芒所及之处，不会超出装满书籍的书柜，苔蕾丝如是思忖着。狗吠叫起来，接着是一阵低吼，前厅里传来的一个熟悉且疲惫的声音让它安静下来：是安娜·德·拉塔芙开门进来了。她是从圣克莱尔摸黑徒步回来的——鞋里灌满了泥浆。一双眼睛在她忽显苍老的小脸蛋儿上炯炯有神。她将帽子扔在一把扶手椅上，问道：“他在哪里？”

苔蕾丝和让写完信，将它从邮局寄出后，以为事情就这样结束了——他们万万没有料到安娜会不依不饶，就好像一个人在事关他的生命时会轻易回归理性并听人劝解似的。她躲过母亲的监视，踏上一列火车。在通往阿尔热卢斯的昏暗道路上，是树冠间明朗流动的天空为她充当了向导。“一切都是为了见到他。她要是能见到他，就能让他回心转意。所以得见到他。”她急切地想要重返阿尔热卢斯，她踉跄着，双脚在车辙里一扭一崴。可现在苔蕾丝告诉她让走了，去了巴黎。安娜摇着头，不相信她说的话。她需要选择不相信苔蕾丝的话，这样才能不被疲惫和绝望击垮在地。

“你撒谎，你一直都在撒谎。”

苔蕾丝正待辩驳，她又接着说道：“啊！你可真有家庭观念！你以解放女性自居……可是自从结婚后，你就成了一个家庭妇女……是的，是的，没错，你觉得自己做得对，你是为了拯救我才背叛我的吗，嗯？留着你的辩解吧。”

她打开门，苔蕾丝问她要去哪里。

“去他家，去维勒梅佳。”

“我再跟你说一遍，他离开那里已经两天了。”

“我不相信你的话。”

她出了门。苔蕾丝点亮挂在前厅的灯笼，也跟了出去。

“亲爱的，你走错了。你走的是去毕乌尔热的路。维勒梅佳在那边。”

她们穿过从草地上溢出的浓雾，搅醒了几只狗，维勒梅佳的松树出现在眼前，还有那座死寂而非沉睡的房舍。安娜绕着这座空无一人的冢穴走了一遭，用双手捶打起大门。苔蕾丝将灯笼放在草丛中，在那里一动不动。她看着朋友单薄的影子贴向一楼的每间窗户。安娜也许在不停地念叨一个名字，但没有喊出声音，因为她晓得那么做无济于事。一时间，房子挡住了她的身影。她再次出现时，又来到大门前，滑坐在门槛上，用臂膀环抱着双膝，遮挡住脸庞。苔蕾丝扶起她，拖她离开。安娜踉跄着不停地说：“我明天早上就去巴黎。巴黎也没那么大。在巴黎我会找到他的……”可说话的语气却像个已经闹够了并打算放弃的孩子。

贝尔纳被她们的说话声吵醒，穿着睡衣在客厅里等候。苔蕾丝不该抹杀了对这次兄妹大战的回忆。这个男人居然会粗暴地攥着一个疲惫不堪的小女孩儿的手腕，一直将她拖到二楼的一个房间并锁上房门。苔蕾丝，这便是你的丈夫：就是这个贝尔纳，再过两个小时他就要对你做出审判。家庭观念刺激着他，他不会有丝毫的犹豫。他在任何场合下都知道自己为了家庭利益该怎么做。你还在满怀惶恐地准备辩护，可是只有那些没有原则的男人才会听信外人的理由。而贝尔纳则不会在乎你的说辞。“我知道我该怎么做。”他总是知道自己该怎么做。尽管他有时也会优柔寡断，但他总会说：“我们家庭会议内部早就讨论过了，我们认为……”他早就拟好了判词，你怎能对此将信将疑呢？你的命运早已永远有了定论，你还是好好入睡吧。

第八章

第八章

自从德·拉塔芙夫妇带着屈服了的安娜回到圣克莱尔后，直到临盆，苔蕾丝都没有离开过阿尔热卢斯。在十一月那些无尽的夜晚，她真切体味到了阿尔热卢斯的寂静。她给让·阿茨维多去过一封信，但是石沉大海，没有得到任何回应。也许他觉得这个乡下女人配不上劳烦他回信呢？首先，一个孕妇总是无法给人留下美好印象的。他离开之后遥想起来，也许发现苔蕾丝是个平淡乏味的女人吧。他是个得靠假装尴尬、惺惺作态方能降服的货色，他对苔蕾丝表面上的单纯、直率的目光和毫不迟疑的举动，又懂些什么呢？他一定是认为苔蕾丝也会跟小安娜一样，对他言听计从，放弃一切，随他而去吧。让·阿茨维多不信任那些很快便缴械投降的女人，她们甚至不给攻城者抽身而退的机会。最令他畏惧的便是胜利，便是这胜利的果实。但是，苔蕾丝却努力尝试活在这个男孩儿的世界里。不过，让喜欢的书籍，让从波尔多买来的书籍，她是读不进去的。她感到百无聊赖！总不能让她缝制婴儿连体衣吧。“那不是她的特长。”德·拉塔芙太太常常说。

在乡下，很多女人都死于分娩。苔蕾丝声称自己的下场将会和母亲一样，她相信自己也是逃不掉的，一直说得克莱拉姑妈泪水涟涟。她还不忘加一句“自己死活无所谓”。撒谎！因为她从未像此时一样热烈地渴望活着；贝尔纳也在对她表现出前所未有的殷勤。“他不是在意我，他是在意我肚子里怀的东西。管他怎么絮叨‘再吃点儿菜糜……别吃鱼……你今天走得够多了……’我就像因奶水足而被压榨的陌生奶妈一样，是不会为这番话所打动的。德·拉塔芙他们家视我为一尊圣瓶，视我为盛有他们血脉的器皿。但毫无疑问，必要时，他们会为了这个胚子把我打碎。我正在失去我个人的存在感。我不过是根葡萄藤蔓而已，对他们全家而言，挂在我肚子里的果子才是唯一重要的东西。

“我在这片昏黑中一直熬到了十二月末。就好像数不清松树还不够令人烦恼似的，连绵不绝的雨水也在幽暗的房舍四周布下了千百万道流动的栅栏。就在进出圣克莱尔镇的唯一一条道路即将无法通行时，我被带回了镇上，住进几乎和阿尔热卢斯的房舍一样昏暗的房子里。广场上的法国梧桐树依旧在跟风雨争抢它们的黄叶。除了在阿尔热卢斯，无法适应在别处生活的克莱拉姑妈不愿跟来照看我。但是她无论什么天气都会乘坐着她那辆两轮'合辙'马车往返于两地之间。她给我带来我小时候非常喜欢吃的甜点，那是些用黑麦和蜂蜜制成的被称作'米窠'[①]的灰色团子，她以为我长大后仍然喜欢。她还带给我叫作'香草面包'或'香草酪'的蛋糕。我只有在吃饭时才见得到安娜，她不再跟我讲话。看似做出了让步的她，萎靡了不少，一下子光彩顿失。她的头发扎得太紧，露出两只苍白丑陋的耳朵。家里也不提德吉雷曼家儿子的名字，但是据德·拉塔芙太太说，安娜虽然还没答应婚事，却也不再拒绝。啊！让说得没错：果真是没用多久就让她乖乖就范、服服帖帖了。贝尔纳身体已不如从前，因为他又开始喝开胃酒了。这些人都在我周遭嘀咕些

① 米窠：此为音译，是指一种外形类似司康的面点。

什么？我记得他们常聊起本堂神父(我们就住在神父住宅对面)。例如大家都纳闷儿‘他为什么一天要四次经过广场，而每一次又都从另一条路返回’。”

想起让·阿茨维多说过的一些话，苔蕾丝便对这个尚算年轻的神父格外注意，他和教区的信徒之间没有什么交流，信徒们觉得他太傲慢。“这里需要的不是他这种人。”苔蕾丝曾经趁他来德·拉塔芙家探视的几次罕有机会观察过他斑白的两鬓和高广的额头。他没有任何朋友。他如何度过自己的夜晚呢？他为何选择了这样的生活呢？“他非常有规律，”德·拉塔芙太太说，“他每晚都做礼赞。但他缺乏感染力。他身上没有堪称虔诚的气质。对于慈善活动，他简直是不管不顾。”她慨叹他取消了慈善会的交响乐团，家长们也抱怨他不再陪孩子们到足球场踢球。“成天埋头书堆固然很好，但很快就把教区事务给荒废了。”苔蕾丝特意到教堂去听他布道。“我的孩子，您在身体状况允许您不用来的情况下却毅然前来。”本堂神父关于教条的布道不带任何个人色彩。但是，令苔蕾丝感兴趣的却是一种语调、一个动作，有时一个词语更重于……啊！也许他可以帮她梳理清楚心中这团乱糟糟的世界吧。与众不同的他其实早早地为自己做出了一个悲剧的选择：不满足于内心的孤独，他又披上了一层僧袍替着袍者营造的荒漠。他从这日常的仪式中会得到些什么慰藉呢？苔蕾丝很想在礼拜天以外的日子参加一次他的弥撒，这一天除辅祭外不会有任何人，神父会伏身于一块面包前低语。然而，她的这一举动在她家人和镇上人看来会很怪异，怕是会闹出她皈依的消息。

尽管她那时已经饱受痛苦，可她真正觉得生命让人无法忍受是从分娩后的第二天开始的。表面上什么都看不出来；她和贝尔纳之间没有发生任何争吵；对于公婆，她比丈夫本人都更加孝敬。这正是悲剧所在。这样下去，便不会有决裂的借口，到死都看不出会发生令事态戛然而止的事件。即便是闹僵，也得有一个发生冲突的场地，可是她总见不着贝尔纳，更遇不到公婆。他们说些什么，都不会对她造成任何影响，而且她也想不起要给予还击。她与他们有最起码的共同语言吗？他们甚至常常赋予最基本的词汇不同的含义。假如苔蕾丝不经意间发出一声诚挚的呐喊，全家人一概将其归因于这位年轻的女子喜欢恶作剧而已。“我都装作听不见，”德·拉塔芙太太说，“即使她不依不饶，我也不在意。她知道在咱们家，闹不起来……”

但是，苔蕾丝听不得别人惊呼小玛丽随她，这番扭捏作态让德·拉塔芙太太难以容忍。平时人们（诸如“您可没法否认这孩子是您亲生的……”）的惊叹会让这位年轻的女子陷入她无法掩饰的极端情绪。“这孩子没有任何地方随我。”这是她坚持要澄清的，“您看她那偏棕色的皮肤，煤玉色的眼睛。再看看我的照片：我小时候可是个皮肤白皙的女孩儿。”

她不乐意玛丽随她。她不希望再和这团从她身上掉下来的血肉拥有任何共同之处。外面传言她没有一丁点儿做母亲的概念。可德·拉塔芙太太却坚称她在以她的方式爱着自己的女儿。“当然了，不该要求她照顾她洗澡和替她换尿布：她也管不了这些事。但是，我见她整晚整晚地坐在睡篮旁，忍着烟瘾看她女儿睡觉……另外，我们的女佣很有责任心，而且还有安娜呢。啊！安娜这孩子，我跟您保证她以后一定会是个出色的妈妈……”自从家里多了这个孩子的呼吸，安娜的确又恢复了活力。

睡篮对女人们总是有吸引力的，可是和其他女人相比，安娜在把弄孩子时，怀有深深的快乐。为了更自由地靠近孩子，她选择了与苔蕾丝和好。只是除了一些举动和熟识的称谓，她们之间昔日的温情已荡然无存。年轻女孩儿尤其担心会引起苔蕾丝当母亲的醋意："这孩子跟我比跟她的母亲还熟，一看见我就笑。前几天，她在我怀里，苔蕾丝想抱过去时，她居然号啕大哭起来。她更喜欢我，这有时候让我觉得尴尬。"

安娜的尴尬是多余的。在苔蕾丝生命的这一刻，她感到自己和女儿以及其余一切都毫不相干。众多的人、事、她自己的身体，乃至她的精神，在她看来都不过是一道蜃景和一团悬于她身体之外的水汽。在这片虚无中，只有贝尔纳才是令人厌恶的真实存在：瞧瞧他的肥硕，他的鼻音，他那副武断的口吻，还有他那心满意得的样子。逃脱这个世界……如何逃脱？逃脱后去哪儿？初暑令苔蕾丝饱受煎熬。丝毫没有迹象提醒她，她正在酿下一桩罪行。那一年发生过什么吗？她不记得发生过任何不快和争执，她只记得圣体圣血节这一天，她透过半闭的护窗板等候节日队伍路过时，尤其痛恨自己的丈夫。贝尔纳几乎是跟在华盖后的唯一一个男人。一会儿工夫，整个村庄空荡荡的，没了人影儿，就好像出巡的不是只“羔羊”，而是头狮子似的。为了不被发现或避免被迫跪下，人们纷纷躲藏起来。危险刚一过去，各家各户的大门又都一一打开。苔蕾丝注视着神父，他前行时眼睛几乎紧闭着，手中捧着件奇怪的东西。他嘴唇翕动着，在以这副痛苦的表情跟谁讲话呢？随即前来“履行义务”的贝尔纳出现在他身后。

几个星期过去了，天空中滴雨未落。贝尔纳活在对火灾的恐惧中，又开始感到心脏不适。鲁厦那边烧毁了五百公顷。“要是吹的是北风的话，我在贝里萨克那片松林早就完了。”至于苔蕾丝对这片不变的天空到底有什么期待，她自己也不得而知。或许是期待永远都不要下雨，期待有一天四周的整片森林都噼啪作响，甚至期待整个镇子都难以幸免吧……为何朗德的村庄就从不着火呢？她认为火苗只针对松树却不对人类构成危害，这是不公平的。他们在家中喋喋不休地讨论火灾的原因：是因为有人丢过香烟，还是有人恶意纵火？苔蕾丝梦到有一天夜里自己起床，走出家门，来到一片灌木和杂草生长最茂密的森林，扔下点燃的香烟，接着便是一团巨大的浓烟熏黑了黎明的天空……但是，她随即打消了这个念头，因为她的血液里流淌着对松树的挚爱；她恨的不是树木。

是时候该直面自己犯下的行为了。如何向贝尔纳交代才好呢？除了一五一十地把事情的来龙去脉告诉他，别无他法。事情发生在马诺遭遇大火那天。全家人正在草草地吃午餐，一些男人走进饭厅。有的坚称火势离圣克莱尔还很远，有的则坚持要鸣起警报。酷热的白昼里弥漫着燃烧的松脂散发出的香气，太阳也变得好似被弄脏了似的。此时，苔蕾丝脑海里又浮现出贝尔纳扭过头去听巴里翁汇报的情景，他听得忘乎所以，毛茸茸的大手悬在杯子上方，任由手中的福勒氏砷剂滴入水中。他一口气将药水吞下，而苔蕾丝则闷热得呆滞麻木，也未能想起提醒他滴了双倍的药量。大家都离开了餐桌，只有她还坐在那里剥鲜扁桃，她对这场躁动漠不关心，对除自身以外的任何故事都缺乏兴趣的她，同样对眼下发生的事也毫无兴致。

警报没有响起。最后，贝尔纳回到家中："总算有一次，你无动于衷是对的：是马诺那边在着火……"他又问道："我喝过药水了吗？”没等她回答，他又往杯子中滴了几滴。她没有说话，是出于懒惰和疲惫。那一刻，她萌生过别的念头吗？“我的沉默并非有所预谋的。”

可是，当天夜里，当佩德迈医生在边哭哭啼啼边呕吐的贝尔纳枕边向她询问白天的事情时，她却对坐在餐桌前看到的那一幕只字未提。她原本不用把自己搅合进去就可以轻而易举地请医生留意贝尔纳服用了多少砷记的。她原本可以对医生说：“我当下没反应过来……我们都被这次大火给吓坏了……但我现在向您发誓，他服用了双倍的剂量……”可是，她默不作声。她有过哪怕吭一声的欲望吗？午餐时就已不知不觉在她身上盘踞的念头，开始从她心底崭露头角——这念头虽然混沌不清，却已处于半意识状态之中。

医生走后，她看了看终于进入梦乡的贝尔纳。她想：“没有什么能证明是由这个引起的。虽然没有其他任何症状，但不排除有可能是阑尾炎或者是病毒性重感冒。”然而，贝尔纳第三天便下床了。“也有可能是因为这个。”苔蕾丝并不确定，她很希望能够得到确切的答案。“是的，我完全不觉得自己曾受到过什么可怕的蛊惑；那毕竟是一种需要冒险去满足的好奇心。我记得在趁贝尔纳到饭厅前，往他的杯子里滴福勒氏砷剂的第一天，我曾反复对自己说：‘仅此一次，而且也是为了图个心里明白……这样，我就会知道他是不是因为这个病倒的。仅此一次，下不为例。’”

火车先是减速，接着汽笛长鸣，然后继续向前驶去。黑暗中有两三处灯火：是圣克莱尔车站到了。苔蕾丝无需再对过往进行任何梳理：她曾陷入一桩长着血盆大口的罪恶，她被罪恶吸了进去。随后发生的事，贝尔纳和她一样清楚：他的病情卷土重来，而苔蕾丝则日夜守护着他，尽管她自己看上去也已经筋疲力尽，毫无食欲（他甚至为此劝她也服用福勒氏砷剂，而她的确让佩德迈医生也给自己开了份处方）。可怜的医生！他因为贝尔纳呕吐青色的液体而感到惊讶。他从不相信一个病人的脉搏和体温如此不协调，他曾经多次观察到得了副伤寒病的人虽然发烧但脉搏却是平稳的——可急躁的脉动和低于正常标准的体温同时出现意味着什么呢？也许是病毒性重感冒：重感冒，可以解释一切症状。

德·拉塔芙太太想请位名医来看看，但又不想冒犯佩德迈医生这位老朋友；而且苔蕾丝怕给贝尔纳带来打击。然而，到了八月中，在病情经过一次令人紧张的发作后，佩德迈医生主动提出想找位同仁来咨询一下，幸好从第二天起贝尔纳的状况便有所改善，三个星期后，算是进入了康复期。“好险，”佩德迈说，“要是那位名医真的抽空来了，那么这次康复之功就全归他了。”

贝尔纳被送回了阿尔热卢斯，他希望在猎斑尾林鸽时就能完全康复。苔蕾丝那时很是操劳：克莱拉姑妈得了急性关节炎卧床不起，什么担子都落在了这位年轻妇人的肩上：有两个病人、一个孩子需要照顾，还不算克莱拉姑妈丢下的杂事。苔蕾丝满怀善意地接替她去服务阿尔热卢斯的苦命人。她会挨个去佃庄探视，像姑妈那样差人去替穷人抓药，买药的钱都是她自掏腰包。她已想不起因维勒梅佳佃庄一直大门紧闭而感到的悲伤。她不再想念让·阿茨维多，这个世界上她谁也不想。她在头晕目眩地独自穿过一条隧道，她处于人生的至暗时期，她需要像头野兽一般，不假思索，走出这片黯淡，走出这片烟幕，呼吸自由的空气，要快！要快！

十二月初，病情再次卷土重来，让贝尔纳身受重创：一天早上，他醒来时，浑身哆嗦，双腿无力，没有了知觉。至于接下来的事！一天晚上，那位名医被德·拉塔芙先生从波尔多请了来。他检查过病人后，久久不发一言（苔蕾丝秉着灯盏站在一旁，巴里翁特依旧记得她的面色比被单还要苍白）。苔蕾丝在听他们讲话，因此佩德迈在昏暗的走廊上压低了声音向波尔多来的同仁解释说，有人篡改过自己开的处方笺，药剂师达尔盖曾给他看过两张处方：犯罪分子在第一张上加了“福勒氏饮剂”字样，第二张上则列有剂量较重的三氯甲烷、毛地黄和素乌头碱。是巴里翁送去药店的，一同送去的还有许多其他处方笺。达尔盖由于发放了这些毒药而心神不宁，第二天就跑到了佩德迈家中……是的，贝尔纳对这些事和苔蕾丝一样清楚。一辆医疗专用车将他紧急转运到波尔多的一家医院，从那天起他的状况便开始好转。苔蕾丝一个人待在阿尔热卢斯，但是她无论多么孤僻，也无法听不到围绕她而起的漫天传言；她变成了听到猎犬围攻而来时蜷缩起来的动物。她就像疯狂奔跑之后一样疲惫，就像一个临近终点时举起双臂想要冲刺却突然双腿无力、跌倒在地的人一样。冬末的一天晚上，她的父亲前去看她，并请她为自己洗脱罪名。一切尚来得及。佩德迈答应撤回起诉，并声称自己不确定其中一份处方是否并非全由自己开具。至于素乌头碱、三氯甲烷和毛地黄，他不可能开出那么强的剂量，可是病人的血液里倒也并未检出任何残留……

这时，苔蕾丝又回想起自己和父亲在克莱拉姑妈病榻前的这一幕。木柴燃烧的火苗照亮了房间，他们谁也不想点上台灯。她用儿童朗诵课文（而这篇课文，她曾在不眠之夜打了多少次草稿）的单调腔调解释道："我在路上遇到一个男人，不是阿尔热卢斯本地人。他对我说，既然我要派人去达尔盖的药店，他希望我不妨替他把处方笺一同捎过去。他欠达尔盖钱，因此觉得他自己最好不要露面……他只是答应来家里取药，但没给我留下他的名字和地址……"

"找点儿别的说辞，苔蕾丝，我以家族的名义求你了。找点儿别的说辞，可怜虫！"

父亲拉罗克固执地重复着他的指责，聋妇人半靠在枕头上，发觉一种致命的威胁正在朝苔蕾丝压下来，呻吟道：“他跟你说什么？谁想对你怎么样？为什么要伤害你？”

她努力冲姑妈微笑一下，攥住她的手，像个背诵教义问答的小女孩儿似的回答道：“是路上遇到的一个人。天太黑，我没看清他的模样。他也没告诉我他住在哪个佃庄。”后来的一个晚上，他前来取药。不幸的是，家里谁都没见过他。

第九章

圣克莱尔终于到了。苔蕾丝走下列车时，无人将她认出。巴里翁拿车票送验未归，而她早已绕过火车站，穿过堆立的木板，朝停着两轮马车的大路走了。

这辆两轮马车此刻成了她的庇护所；在坑坑洼洼的路面上，她不用再担心遇到任何人。她艰辛编造的故事崩塌了：她准备好的自白也已荡然无存。是的，她没什么好替自己辩护的，甚至没必要再提供一条借口，最简单的做法就是沉默或仅限于回答问题。她怕什么呢？今夜将会和所有夜晚一样逝者如斯。明早太阳会照样升起。无论发生什么，她都坚信自己会走出困境。何况没有什么比这漠然，比这将她和世界乃至将她和自己隔绝开来的剥离感更加糟糕的了。是的，她活着却死了：她眼下品味的正是活人所能体验的死的滋味。

她的眼睛习惯了黑暗，认出大路转弯处的佃庄，几座低矮的房舍就像卧伏沉睡的野兽一般。从前，每当安娜路过这里时，都会冲出一只狗扑向她自行车的车轮，这令她害怕不已。远处，在几株桤木的掩映下，是一片洼地。酷热时节，每当路过此地时便会有一缕稍纵即逝的清凉飘洒在两个女孩儿滚烫的脸颊上。有时，还会出现一个骑车的男孩儿，牙齿在帽子下闪烁着太阳般的光芒，声音如银铃一般，高喊道："看！我不用扶把！"这道模糊的风景让苔蕾丝念念不忘，成了她意欲向逝去的日子安放疲惫的灵魂时唯一可能的所在。她机械地随着奔跑的马蹄声发出的节奏不停地说道："我这无谓的生命——我这虚无的生命——这无尽的孤独——这毫无出路的命运。"啊！唯一能给彼此带来希望的那个举动，贝尔纳是不会为之的。假如他只管张开双臂，什么都不问，那该多好啊！假如她能把头靠向一片富有人情味儿的胸脯，假如她能靠在一个活生生的身体上哭一哭该多好啊！

她还认出田间的一道路堤。在一个闷热的日子，让·阿茨维多曾坐在那里纳凉。说起来，她居然曾相信，这世上会有一个地方，可以任由她身处理解她甚至欣赏她和爱慕她的人群中间自我绽放！殊不知，她的孤独感如影随形，溃烂对麻风病人的困扰也莫过于此：“没有人能为我做什么，没有人能针对我做什么。”

“是先生和克莱拉小姐！”

巴里翁收紧缰绳。两个身影向前走来。贝尔纳还很虚弱，也朝她迎上来——迫不及待想得到令人安心的答复。她半欠着身子远远地喊道：“不予起诉！”“在意料之中！”除此之外，二人别无他言。贝尔纳搀扶姑妈登上两轮马车后，接过缰绳。巴里翁则步行回家。克莱拉姑妈在夫妇之间坐下。得冲她的耳朵大喊才能让她明白，事情解决了（此外，姑妈对这场风波也只是知其大概而已）。聋妇人照例又开始上气不接下气地絮叨起来。她说他们的战术一贯如此，这是又在搞德雷福斯事件[①]呢：“诽谤吧，诽谤吧，非得闹出点儿什么事端不可。他们可不是

---

① 德雷福斯事件：十九世纪末爆发于法国的政治事件。1894 年法国犹太裔军官阿尔弗雷德·德雷福斯（1859—1935）被误判为叛国罪，从而导致社会冲突和争论。左拉（1840—1902）等作家曾为德雷福斯奔走相告。

省油的灯，共和派当初不小心防范着点儿，真是大错特错。只要给这些臭虫一点儿喘息的机会，它们就会蹬鼻子上脸……”她唠叨着，倒是令夫妻二人省去了交谈的麻烦。

克莱拉姑妈手里拿着一盏蜡烛，喘着粗气，上了楼。

“你们不睡觉吗？苔蕾丝应该累坏了。卧室里有一杯汤，还有冷拌鸡肉。”

夫妻二人先是在前厅站着未动。老妇人接着看到贝尔纳打开客厅的门让苔蕾丝先过，然后也跟了进去。要不是聋的话，她一定会将耳朵贴到门上听个究竟……不过，他们大可不必防着她这样一个活生生被禁锢起来的老妇人。她还是吹灭了蜡烛，摸索着又下了楼，一只眼睛对着锁眼儿偷窥起来：贝尔纳把台灯挪到一旁，在光线的强烈照射下，他的面孔看上去既惊恐又肃穆。克莱拉姑妈看到苔蕾丝背对着坐在那里，大衣和无沿儿帽子随意丢在椅子上，潮湿的鞋子在炉火旁冒着水汽。有那么一刻，她朝她的丈夫扭过头去，老妇人看见她在微笑，感到甚是欣慰。

苔蕾丝在微笑。在从马厩走到正屋的那段短暂的时空间隙中,她突然明白了,她认为自己明白了要做的重要的事情是什么。这个男人乍一靠近便将她向他解释和诉说的希望化作了乌有。那些我们最了解的人，他们不在场时，我们总是会幻想他们的形象！在还乡途中，她不知不觉,竭力再造了一个能够理解她、会试着理解她的贝尔纳——然而，相逢后的第一眼，便使他现了原形，他平生从未站在别人的立场上去考虑过问题，哪怕一次都没有，他从未尝试过走出自我，用对方的视角去看问题。说真的，她的话，贝尔纳一定就能听得进去吗？他在潮湿低矮且宽阔的大厅里来回踱着步子，地板的有些地方腐烂了，在他脚下咯吱作响。他——琢磨了很久，有满腹的话要说——看也不看他的妻子一眼。而苔蕾丝，此时也已知道要说什么。最简单的,总是那些我们始料未及的办法。她要说的是:“我会消失的,贝尔纳。您不用担心我。如果您认为有必要，我会立即潜入黑夜里。我既不害怕森林，也不害怕黑暗。它们认识我，我们相互认识。我正是按照这片土地的干燥风貌生就的，这片土地上除了过往的鸟儿和游荡的野猪，便了无生机。我会接受被摈弃的命运，烧掉我的照片，让我的女儿从此再也记不起我的名字，让家人就当我从未存在过吧。”

而苔蕾丝的这番心里话也确实早已脱口而出：“让我消失吧，贝尔纳。”

贝尔纳应声转身。他从客厅深处冲了过来，脸上青筋暴突，嗫嚅道：“怎么？您也敢提想法？提愿望？够了。一个字都不要再说了。您只有听我讲话和听命于我的份儿——除了遵从我说一不二的决定，您别无选择。”

他说话不再磕巴，其唇舌此刻居然跟得上他精心准备的想要表达的思想的节奏。他靠在壁炉上，腔调严肃地说起心里的想法，边说边从兜里掏出一张纸条看了一眼。苔蕾丝不再恐惧。她想大笑，他的表现很是怪诞：他是个怪诞的人。他用这副龌龊的腔调说些什么并不重要，反正他说话的腔调在除了圣克莱尔以外的地方处处都会遭人奚落。总之她走就是了。为什么要大费周章呢？假如这个蠢货男人他自己从活人堆里消失，一样无关紧要。她注意到颤抖的纸条上是他不整洁的指甲。他的衬衫没有反折袖。他属于那种逃脱了农民阶层的可笑的乡下人。他们的生命对任何事业、对任何理念、对任何人都没有任何裨益。

人们为人的生命赋予无限的重要性，但这不过是出于习惯而已。罗伯斯庇尔没错，拿破仑和列宁……他看见她在微笑，于是气急败坏，提高了嗓门儿。她不得不听他发泄："您现在在我手里。明白吗？您必须遵从全家做出的决定，否则……"

"否则怎么样？"

她已经忘记了要装出若无其事的样子，她摆出一副挑衅和嘲讽的口吻，她喊道："晚了！您提供了有利于我的口供，您不可能悔供了。您会被判伪证罪。"

"发现新证据的情况总是有的。这份新证据就在我的书桌抽屉里。谢天谢地，官司没有诉讼时效。"

"您想要我怎么样？"

他又查看起字条。苔蕾丝凝神倾听了几秒钟阿尔热卢斯的寂静。时间离鸡鸣时分还早，没有一丝活水在这片荒漠中流淌，没有一丝风拂动数不清的树冠。

"我不会被自己的喜好所左右。我的个人利益可以舍弃——家族利益才是唯一重要的。我做一切决定都要听命于家族利益。我为了家族利益而瞒过了祖国的司法。上帝会审判我的。"

这副冠冕堂皇的口吻让苔蕾丝感到不适。她很想哀求他说话实在一点儿。

“对于这个家族而言，重要的是世人认为我们是团结的，是要让世人觉得我并不怀疑你的无辜。另外，我也想尽可能保护我自己……”

“我让您害怕吗，贝尔纳？”

“让我害怕？不！是让我恶心！”他喃喃道。

接着他又说道：“那么利索点儿，一下子把事儿都说清楚了吧。明天我们就离开这栋房子，搬到旁边的我们德斯盖鲁家的宅子里去。我们家不要您的姑妈。巴里翁特会把饭送到您的房间。其他所有房间，您都无权进入。但是我不阻止您到森林里去。每个星期天我们要一起去圣克莱尔参加大弥撒。要让人们看见您挎着我的胳膊。每个月的第一个星期四，我们还要像往常那样乘敞篷马车去B城赶集，去您父亲家。”

“那玛丽呢？”

“玛丽明天会和她的用人一起去圣克莱尔，然后我母亲会带她去南方，会找一个健康方面的借口。您总不会希望我把她留给您吧？得把她也保护起来！要是我死了，等她二十一岁时由她继承家产。丈夫死后，遗产由孩子继承……有什么不可以的？”

苔蕾丝站起来，忍住没让自己喊出声来。

“这么说，您是觉得我因为那些松树林，才……”

她的行为有一千种不为人知的缘由，而这个蠢货却一条都没猜中，反而杜撰出最卑鄙的一条：“很自然，是为了松树林……要不然还为了什么？只要把我除掉就行了。谅你也说不出第二个理由……当然，这不重要，我已经不在乎了，我再也不会思来想去了，您现在什么都不是，您身上唯一剩下的就是您还随我姓，唉！过几个月，等所有人都相信我们关系融洽时，等安娜嫁给德吉雷曼家的儿子后……您知道，德吉雷曼家要求宽限一段时日，他们需要好好考虑考虑……等到那时候，我就终于可以住回圣克莱尔了，而您，您就在这儿待着。对外，就说您神经衰弱或者得了别的什么病……”

“比如说我疯了？”

“不。这会对玛丽不利。说得过去的理由总会有的。那好办。”

苔蕾丝喃喃道：“待在阿尔热卢斯……一直待到死……”她靠近并打开窗子。此刻，贝尔纳感到一种真切的快乐，这个向来都只会吓唬他和羞辱他的女人，瞧他今晚把她操弄成了什么样子！她该是感到受了莫大的蔑视吧！他对自己能适可而止而感到自豪。德·拉塔芙太太就常常说他是个圣人，全家人都称赞他宅心宽厚，而他今晚则是头一次感到自己的仁厚。在卫生中心，医生千般小心地向他透露苔蕾丝企图对他实施谋杀时，他的冷静为他赢得了不少好评，可是保持冷静对他而言几乎不费吹灰之力。对于没有能力去爱的人而言，没有什么是真正严重的事情。因为贝尔纳心中无爱，所以他体会到的便只有得知危险排除后而生起的颤巍巍的喜悦而已：当我们向某人透露他和一个怒不可遏的危险的疯子生活了许多年却一直蒙在鼓里时，此人的感受大抵也是如此吧。但是，今晚贝尔纳感受到了自己的力量，他在掌控人生。没有任何困难能够阻挠一个正直且善于思考的人。即使在这场风波过后的第二天，他依然乐于相信人向来都无所谓不幸，即使不幸，也是自找的。这场最最严重的风波，被他当成一起寻常事件解决了，而且几乎无人知晓，他大可挽回面子了，将不会再有人可怜他，而他也不想被人可怜。要是能降服得了的话，娶一个恶魔回家又有什么好羞耻的呢？此外，回归单身生活也不错，死神的险些降临出奇地加剧了他对财产、对打猎、对汽车以及对酒食的热爱：总之是加剧了他对生活的热爱！

苔蕾丝站在窗前。她望着一小段白色的沙砾路，并嗅到阵阵菊花的香气扑鼻而来，这要归功于一道栅栏阻止了牛羊对花朵的践踏。远处，一团黑色的橡树挡住了松林。但是松脂的气味却充斥在夜色之中。苔蕾丝知道，松树一如不见踪迹却近在跟前的敌军，正在簇拥着这座房舍。她倾听着这些卫兵们无言的哀怨，他们将在以后的冬季里目睹无精打采的她，将在夏日里看她艰难地气喘吁吁。她慢慢地窒息而亡，而他们将是见证者。她关上窗，走近贝尔纳："您觉得能强行把我关起来吗？"

"信不信由您，但是您得清楚：您走不了，要走，也是把您的手绑起来送出去……"

"真疯狂！我了解您：别那么凶恶，那不是您的本性。不要这样让整个家族蒙羞。我很安静。”

这时，他摆出一副深思熟虑的姿态说：“逃离才是自认有罪。在这种情况下，一个家族只有和害群之马断绝关系，摈弃他，在众人面前否认和他有瓜葛，方可避免蒙羞。

“您想想看，这还是我母亲起初想要我们做的选择。当时我们还没想到要干预司法。要不是考虑到安娜和玛丽的话……别忙着回答我，天亮前您都有时间思考。”

苔蕾丝小声说：“我还有父亲呢。”

“您父亲？可我们的意思是一样的。他有自己的事业，有自己的党派，还有自己代表的理念，他只想着无论如何都要把这件丑闻压下去。您至少也得为他替您做的一切感激他。多亏了他的干预，案子的审理才得以草草了事……另外，他也对您聊过他的想法，不是吗？”

贝尔纳不再嗓门儿高亢，态度也几近回归彬彬有礼。倒不是由于他心生丝毫的悲悯。而是这个女人终于倒下了，他此刻甚至听不到她的呼吸声，她找到了真正属于她的位置。一切回归了正常。换作是别的男人，其幸福人生定会无法承受如此的打击，而贝尔纳为自己得以扭转局势而感到自豪。所有人都会犯错，何况所有人在对苔蕾丝的态度上都错了——甚至连平时一下子就能看穿别人的德·拉塔芙太太也看走了眼。这全都怪人们不再看重原则，怪他们不相信苔蕾丝受的教育隐藏着风险，也许她就是个魔鬼呢。但不管怎样，“假如她要是能信上帝的话”，这样的说辞不无道理……毕竟恐惧是智慧的发端。贝尔纳如是思忖着。他又想起整个镇子正迫不及待地打算好好消费他们的耻辱，要是每个星期天看到他们夫妻和和睦睦，这些人可要失望喽！于是他也有些迫不及待地期待星期天快快到来，希望看到这些人失落的嘴脸！……总之，正义绝不会缺席。他端起台灯，胳膊抬起时照亮了苔蕾丝的后颈。

“您还不上楼？”

她仿佛没有听到他的话。他出了门，将她留在黑暗中。克莱拉姑妈蹲在楼梯口的第一道台阶上。老妇人目不转睛地盯着他，他勉强地微笑着，搀着她的胳膊想要将她扶起。但是，她——就像一只趴在弥留主人床前的老狗一样——不肯起来。贝尔纳将台灯放在地上，冲老妇人的耳边大喊，说苔蕾丝已经感觉好多了，只是睡前想自己待会儿："您知道的，这是她的一项小癖好！"

是的，姑妈当然知道：每次都很不巧，她总是在苔蕾丝想自己待会儿时闯进她的房间。经常老妇人刚刚把房门开启一道缝隙，就发觉自己来得不合时宜。

她勉强起身，由贝尔纳搀着胳膊回到她位于大客厅楼上的房间里。贝尔纳也跟了进去，特意替她点燃桌上的蜡烛，亲吻过她的额头后才离开。姑妈目不转睛地望着他。他听不见男人们说什么，可有什么是她从他们的脸色上捕捉不到的呢？她估摸贝尔纳回了他的房间，又悄然推门……可是他仍在走廊上，倚靠着栏杆：他正在卷烟。她匆匆回到房间，颤抖着双腿，上气不接下气，已经丧失了除去外衣的气力。她躺在床上，大睁着双眼。

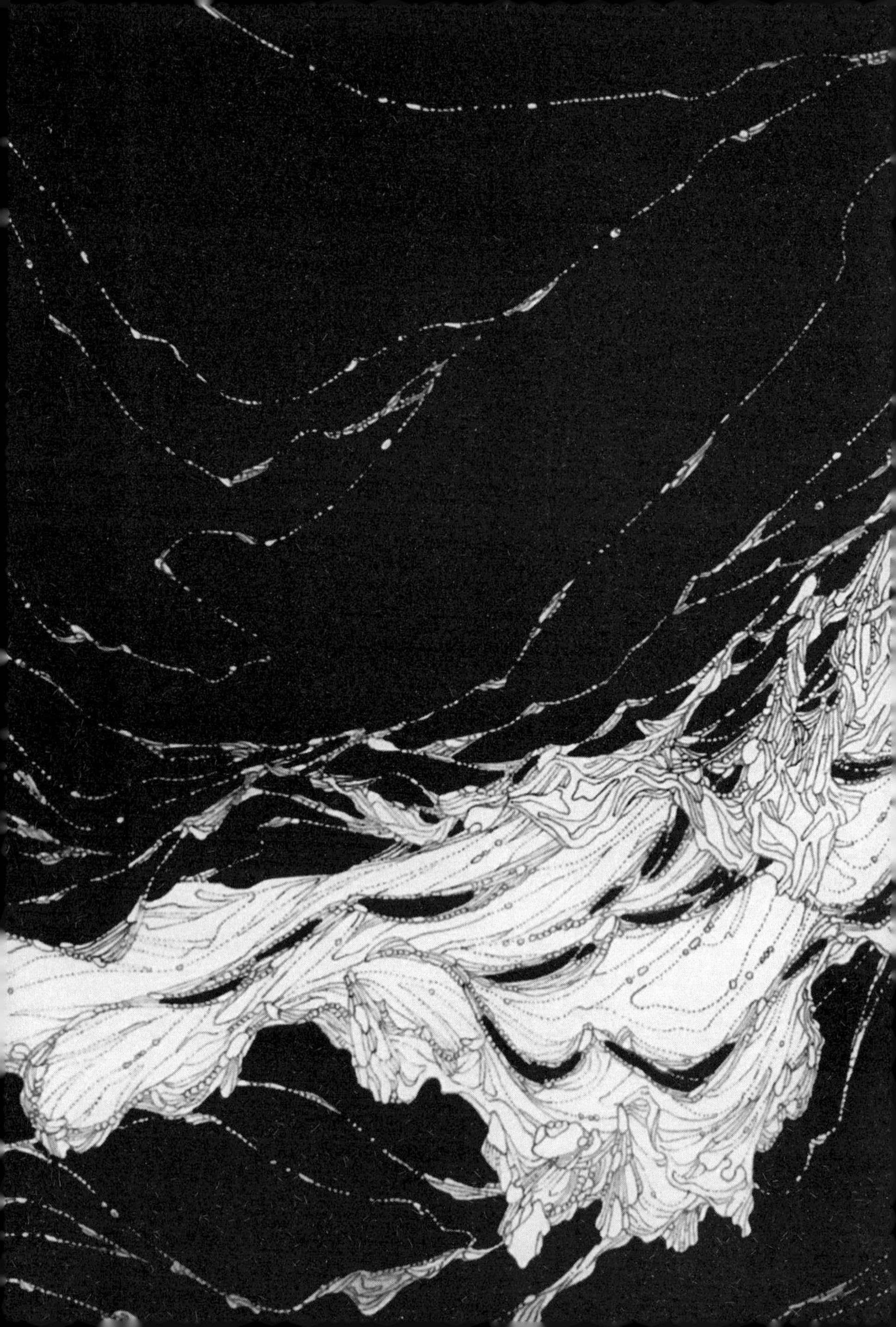

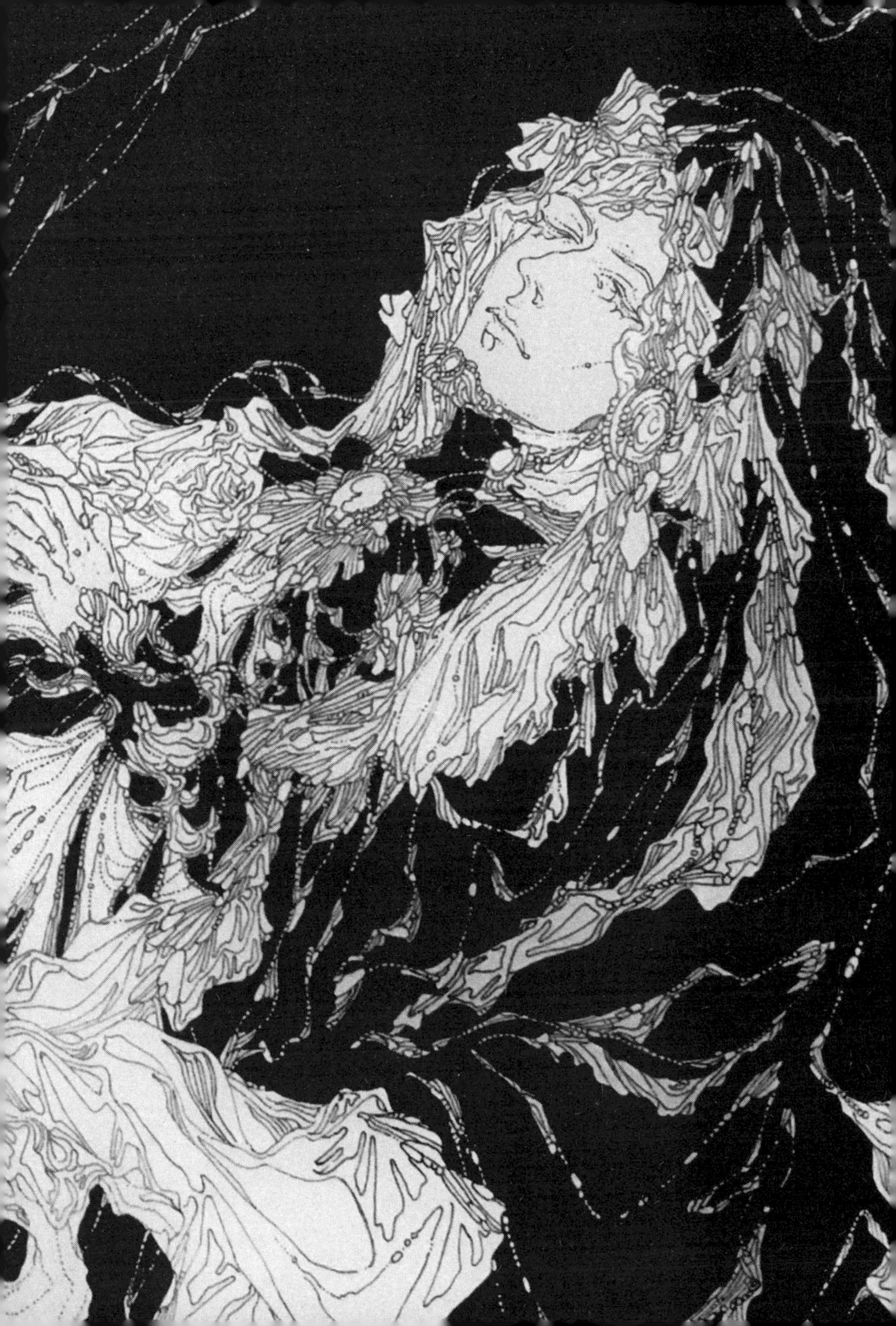

第十章

客厅里，苔蕾丝枯坐在黑暗中。几根木柴依旧在灰烬下燃烧。她一动不动。她在回家的路上准备好的说辞一段段从记忆深处涌了上来，不过现在再想这些为时已晚。可为何要因为这些说辞没有派上用场而自责呢？事实上，那个编造得过于精心的故事和现实毫无干系。她曾经陶醉地赋予青年阿茨维多的言论如此的重要性，实在是愚痴之至！就好像他那些话有多重要似的。不，不，她遵循的，实质上是一条更为深远的法则，是一条不刊的法则。她并没有摧毁这个家庭，被摧毁的是她自己。他们视她为怪物并没有错，因为她也在把他们当作魔鬼。虽然表面上看不出任何迹象，但他们正在用一套缓慢的办法毁灭她。“从此，这个强大的家族机制就要冲着我来了——都怪我既未能阻挡它的进攻，也未能逃脱它转动的齿轮。不必再去另找缘由，那一句‘我面对的是他们，他们面对的是我’足矣。戴起面具，挽回面子，蒙混过关，我这样坚持了不到两年。如果换作其他女人面临同种处境的话，我猜她们会隐忍到死的，她们或许会因习以为常而得救，会由于习惯而变得麻木和呆滞，会在强大的娘家势力的庇护下沉睡。而我呢，而我呢，而我呢……”

她站起身，打开窗子，感受到一阵来自黎明的寒意。为何不逃走呢？只消跨过窗户即可。他们会追赶她吗？他们会把她重新交给法院吗？值得一试。和这漫无尽头的垂死状态相比，什么都值得一试。苔蕾丝早已拽过一把椅子并将它抵在窗户旁。可是她一文不名，白白坐拥几千株松树，没有贝尔纳的斡旋，她一个子儿都拿不到。不如索性像达丐尔那样潜入荒原，儿时的苔蕾丝曾一度对这个杀人犯心生怜悯（她还记得巴里翁特在阿尔热卢斯的厨房里给宪兵们倒酒的情景）——最后正是德斯盖鲁家的狗发现了这个可怜人的行踪。他在灌木杂草丛中被抓到时已是饿得半死。苔蕾丝见过他被捆绑在运草车上的样子。

据说他死在了去卡宴[1]的轮船上。轮船……苦役……像他们说的那样，再次将她交给法院，有什么他们干不出来的勾当呢？至于贝尔纳扬言自己掌握的证据……他也许是在撒谎呢，除非他在那件旧斗篷的衣兜里发现了那包毒药……

苔蕾丝会弄清楚的。她摸索着上了楼梯。上楼时，借着从上空投射在窗玻璃上的黎明的曙光，她的视线逐渐清晰起来。阁楼走廊上的衣柜里挂着些旧衣服——都是些打猎时要穿所以永远都不会捐出去的衣服。那件洗白了的斗篷有一个很深的衣兜：从前克莱拉姑妈也会躲在一间孤零零的猎鸽棚里守候斑尾林鸽，她会将毛线活儿装进斗篷的衣兜中一同带去。苔蕾丝伸手进去，掏出那包用蜡密封的东西：

三氯甲烷：30 克

乌头碱：第 20 号颗粒

① 卡宴：法国海外省圭亚那的省会城市。在 1852 年至 1946 年期间，那里设有著名的苦役监狱，苦役监狱又有“不流血的断头台”之称。

毛地黄素溶液：20 克

她又读了一遍这些文字和数字。说到死，她一向都怕死。关键在于不要去直视死亡，而是专注于完成以下几个必要步骤：倒水，将药粉稀释，一饮而尽，然后平躺在床上，闭上眼睛。除此之外，什么都不要管。为何从不惧怕平日里的昏睡，却唯独对这一种睡眠充满恐惧呢？她在颤抖，那是因为清晨时分的寒意。她朝楼下走去，在玛丽的卧室前停下来。女佣鼾声如兽。苔蕾丝推开门。拂晓的晨光从护窗板渗透进来。狭窄的铁床在黑暗中呈现白色。一对微小的拳头平放在床单上。一副尚未成型的线条淹没在枕头里。苔蕾丝认出那只过大的耳朵：人们说得对，那分明就是她苔蕾丝的耳朵。她自己的复制品就摆在那里，正在毫无知觉地沉睡。

“我走了，可是我的这一部分还得苟活，她还有一条人生路要走，丝毫无从逃脱，得一直煎熬到终了。”

这便是人生的趋势和倾向，这便是血缘的规律，还有这一条条无法回避的法则。苔蕾丝曾经读到过，绝望的人会带上孩子一起赴死。善良的人不禁丢下报纸，不解地问：“怎么可能有这等事呢？”苔蕾丝自己就是魔鬼，所以她认为不仅有此种可能，而且还会因为一丁点儿小事就会发生此种可能……她跪在床畔，用双唇轻触横在床上的小手，从她内心最深处冒出一种东西，涌上她的眼眶并灼烫着她的双颊，这令她感到惊讶：从不哭泣的她，居然也流下了几滴薄泪！

苔蕾丝起身，又望了一眼她的孩子，最后回到自己的房间，往杯子里倒满水，撕破药包的蜡封，在这三盒毒药之间犹豫起来。

窗户敞开着，浓雾被鸡鸣撕破，东一块、西一片，轻薄而又惨白地挂在松枝间。好一片饱蘸了曙光的田野！如何放得下这如许的光明？死亡是什么？我们不知道死亡的模样。苔蕾丝对虚无的真相心里没底。她不确定那是否意味着空无一人。她憎恶自己如此恐惧。她在将别人推向虚无时毫不犹豫，自己倒抗拒起来。她为自己的懦弱而感到羞耻。假如这个神存在（她于刹那间又想起令人窒息的圣体圣血节，想起那个披着金色斗篷的孤独的男人，想起他手捧的物件、翕动的双唇以及那副痛苦的表情），既然他存在，那就让他在为时已晚之前将这只罪恶的手移开吧——如果他的意愿恰是让这颗可怜盲目的灵魂跨越那条界线，那么就请他至少用爱去迎接这个由他缔造出来的怪物吧。苔蕾丝将三氯甲烷倒入水中，“三氯甲烷”的名字于她而言更加熟悉，它叫人想起睡眠，因此弱化了她的恐惧。她得快一些！因为全家人就要醒来了：巴里翁特已经合上了克莱拉姑妈房间的护窗板。她在冲着聋妇人喊什么呢？通常聋妇人靠唇形便能猜到女佣在说什么。接着便是一阵阵开门关门的声音和急匆匆的脚步声。苔蕾丝情急之下将一件披肩扔在桌子上盖住了毒药。巴里翁特没敲门便闯了进来：“小姐死了！我发现她穿戴整齐地死在床上，身体已经凉了。”

无论如何，人们都在这位并不虔诚的老妇人手中塞了一串念珠，并在她胸前放了一枚十字架。佃农们进来，跪下，又出去，都不忘久久盯着站在床尾的苔蕾丝打量一番。（谁知道是不是又是她干的呢？）贝尔纳去圣克莱尔报丧并安排相关事宜去了。他应该觉得这场变故来得正合时宜，可以转移人们的视线吧。苔蕾丝望着这具尸体，望着这副忠诚老迈的身躯，它在她正待奔向死亡时卧在了她的脚下。纯属偶然和巧合。假如跟她说老妇人那么做是出于什么特别的意图，她一定会耸耸肩膀，不以为然。人们议论道："您瞧见没有？她甚至连佯装痛哭一场都懒得装一下！"苔蕾丝在心中对这个已逝的人说：会活下去的，然而在痛恨她的那些人的手中，只怕要活得跟具尸体一样了。除此之外，什么都别奢望。

在葬礼上，苔蕾丝也有属于她的位置。接下来的那个星期天，她和贝尔纳一道走进教堂，贝尔纳没有像往常那样从侧殿步入教堂，而是选择大张旗鼓地穿过教堂中殿。苔蕾丝直到在婆婆和丈夫中间落座后才除掉丧纱。一根廊柱把苔蕾丝挡在了众人视线之外；她对面的位置全被唱诗班占满了。她被从四面八方包围起来：身后是人群，右侧是贝尔纳，左侧是德·拉塔芙太太，只有一处朝她敞开着，不啻斗牛场上朝从黑暗里奔出的公牛敞开的唯一出路：在这处空地上，一个乔装过的男人站在两个孩子中间，双臂微微张开，口中念念有词。

第十一章

第十一章

贝尔纳和苔蕾丝晚上回到德斯盖鲁家族位于阿尔热卢斯的宅子，那里已有数年几乎无人居住，壁炉会倒烟，窗户也无法关牢，风还会从老鼠咬过的房门下面吹入。但是这一年的秋天如此晴朗，一开始苔蕾丝并未由于这些不便而感到苦恼。贝尔纳打猎到晚上才回家。一回到家中，他就躲进厨房，和巴里翁夫妇一起吃晚饭。苔蕾丝能听到刀叉碰撞的声音和单调乏味的说话声。十月，天黑得早。她对差人从隔壁房子里搬来的那几本书早已了如指掌。她委托贝尔纳转寄一份订书单给波尔多的书商，但是贝尔纳却一直不予理睬。他只允许苔蕾丝补购香烟。想要拨弄一下炉火……可那排不出去的松脂烟气又会灼伤她的眼睛，连她原本就因吸烟而异常脆弱的喉咙也会受到刺激。她甚至不待巴里翁特端来他们草草吃剩的残羹冷炙，就会熄灯睡下。可她躺下后又要好几个小时才能等来睡意的拯救！阿尔热卢斯的寂静让她无法入睡：她更喜欢有风的夜晚，那一片片树冠无尽的幽怨声中毕竟还隐藏着些许人性的温存。苔蕾丝喜欢沉浸于这番慰藉之中。秋分时节动荡的夜晚比那些宁静的夜晚更能让她安眠。

无论夜晚对她而言多么漫漫无际，她时常会在黄昏到来之前便赶回家中。要是哪个当母亲的瞧见她，便会赶紧攥紧孩子的手，并生硬地将他拽回佃舍；要么便是哪位她能叫得上名字的牛倌儿，对她的主动问候置之不理。啊！的确是还不如找座人烟稠密的城市消失和淹没于它的熙熙攘攘之中呢！在阿尔热卢斯，没有一个牧童不知道关于她的传闻（甚至克莱拉姑妈的死也被算在了她的头上）。她不敢跨过任何一道门槛儿，她从家中外出时走的也是暗门，还得避开各家各户的房舍。每当听到货车颠簸的声响，她都会赶紧找条小路躲藏起来。她步履匆忙，怀揣一颗仓惶跳动的猎物之心，常常要伏在灌木杂草之中，等自行车过去后才能现身。

每个星期天，在圣克莱尔的弥撒上，她却不会感到如此恐惧，甚至还体会得到些许的放松。镇子上的居民们对她的看法也更加友好。殊不知，那是因为她的父亲还有德·拉塔芙夫妇在镇子上把她描述成了一个无辜且悲痛欲绝的受害者："我们怕这个可怜的孩子走不出来。她谁都不想见，医生说不能逆着她。贝尔纳对她照顾有加，可是她到底是精神受了刺激……"

十月的最后一个夜晚，从大西洋上吹来的烈风在树冠间疯狂肆虐，久久不肯停歇。苔蕾丝在半睡半醒间聚精会神地聆听这来自海上的声音。可是到了拂晓时分，唤醒她的却不是这幽怨的叹息声。她推开护窗板，房间里仍然昏黑一片，阵阵绵密的细雨洒落在厨厩联排房[①]的瓦片上，洒落在依旧稠密的橡树树叶上。这一天，贝尔纳没有出门。苔蕾丝抽了一阵子烟，丢下烟蒂，朝走廊走去，她听到丈夫正在一楼挨个卧室徘徊。一股烟斗发出的气味一直飘入她的房间，盖住了苔蕾丝金黄烟叶的味道，她想起那也是她昔日的人生味道。这第一个阴雨天气……要如何度过呢？壁炉里的炉火在渐渐熄灭。墙角处，壁纸

① 厨厩联排房：法国城堡或花园别墅几间房屋建在一起，作厨房、停车场和马厩用，称作厨厩联排房。

因霉烂而剥落。墙壁上仍然可见那些老肖像画的痕迹，都是些贝尔纳当初买来打算作圣克莱尔客厅装饰之用的玩意儿。墙上的钉子也已锈迹斑斑，无法承受任何重负。壁炉上，一个镶有三层边框的人造玳瑁相框里，一帧帧照片颜色惨白，好像照片上早已作古的人在经历第二次死亡：相框中有贝尔纳祖父母的照片，还有贝尔纳本人留长发、蓄刘海时的照片。苔蕾丝一天的时间都要在这个房间中度过，然后还要在这里度过数周，数月……

夜晚来临了，苔蕾丝早已迫不及待，她轻轻地打开门，下楼，进了厨房。她看到坐在炉火前一张矮椅子上的贝尔纳突然站了起来，正在擦枪的巴里翁停下手中的工作，巴里翁特也任由毛线活儿从手中滑落。三个人用特别的眼神望着她，她问道："我吓到你们了？"

"您被禁止进入厨房。您不知道吗？"

她没有吱声，朝门口退去。

贝尔纳把她叫了回来："既然见到您了……我不妨告诉您，我不需要继续在这里待下去了。我们在圣克莱尔营造了对您的同情氛围。人们已经相信或者是佯装相信您有些神经衰弱。大家还认为您更喜欢独居，而我也常常来看您。从现在起，弥撒您就不用参加了。”

苔蕾丝嗫嚅说：“我一点儿都不反感参加弥撒。”贝尔纳回答说她的喜好并不重要。反正他的目的已经达到了：“既然弥撒对您而言毫无意义……”

苔蕾丝张动嘴唇，好像有话要说，但最终还是沉默不语。她的一句话或一个举动都会令他得来如此快速、如此出人意料的成功大打折扣，而这些都是贝尔纳要极力避免的。她问玛丽是否一切都好。他回答说玛丽很好，第二天就会和安娜以及德·拉塔芙太太去博里约。他本人也要去那里待几个星期——最多待两个月。说完他打开门，依旧让苔蕾丝先走。

昏暗的拂晓时分，苔蕾丝听到巴里翁在套马车。接着又是贝尔纳那副说话的腔调，继而是马儿原地踏步的声音和两轮马车远去时发出的颠簸声。最后是雨水洒落在瓦片上，洒落在浑浊的窗玻璃上，洒落在空无一人的田野上，洒落在上百公里的荒原和沼泽上，洒落在最新几座流动的沙丘上，洒落在大西洋海面上所发出的声音。

苔蕾丝就着刚刚吸完的香烟又点燃一根。在临近四点钟的时候，她披上一块油布，钻入雨中。可她惧怕黑夜，又返回房间。炉火已经熄灭，她哆哆嗦嗦，只好上床躺下。接近七点钟，巴里翁特为她端来一枚火腿煎鸡蛋。她拒绝食用。久而久之，那股油脂味儿令她觉得恶心。总是吃腌肉或火腿！巴里翁特说没有更好的东西拿给她吃：贝尔纳下令禁止向她提供禽肉。她抱怨苔蕾丝让她白白端上来又得端下去（她有心脏疾病，还双腿浮肿）。这项差事对她而言已是非常繁重，但就当帮贝尔纳的忙吧。

这一夜，苔蕾丝发起高烧，精神却异常清醒，她假想起自己在巴黎的生活画面：她脑海里又浮现出那家森林餐厅，不过和她同去的不是贝尔纳，而是让·阿茨维多以及几个年轻女子。她将玳瑁烟匣放在桌上，点上一支阿卜杜拉[①]。她侃侃而谈，袒露起自己的心迹，乐队在小声地演奏着。周遭是聚精会神但看

① 阿卜杜拉：产自埃及的一款香烟。

上去毫不诧异的面孔，他们听得如痴如醉。一位女子说：“就跟我一样……我也是，我也体验过这个。”一个文人和她单独聊起来：“您应该把您身上发生的一切都写下来。我们要在我们的刊物上发表您这份当代女性日记。”一个因她而茶饭不思的小伙子开汽车把她送回住处，他们沿森林大街而上，她并未感到紧张，反而十分享受左侧坐着一副局促不安的年轻身躯。

“不，今晚不行。”她对他说，“今晚我跟一个女友吃饭。”

“明晚呢？”

“也不行。”

“那么您晚上是永远都没空了？”

“几乎是吧……可以说晚上永远都是。”

在她的生命中，有一个人会令其他所有人于她而言无关紧要。她的圈子里，无人识得此人，这是一个谦卑且寂寂无名的人，然而她人生的支撑点正是这颗只有她可见、只有她的肉体能够感受其热度的太阳。巴黎像松林间的风一样喧嚣着。那副身躯无论多么轻盈，只要紧挨着她的身体，便令她无法呼吸。然而，她毋宁失去呼吸，也不想让那身躯远离自己。（苔蕾丝随之做出一个拥抱的姿势，并用右手抱住自己的左肩——同时左手的指甲陷入她的右肩。）

她起身，双脚赤裸着，打开窗户，黑夜并不寒冷，然而叫她如何去想象有朝一日雨水停歇的样子？雨会一直下到世界末日。她要是有钱的话，定要逃到巴黎去，径直走入让·阿茨维多家中向他倾诉一番。也许他会帮她找到工作。她要做一个独自闯荡巴黎、自己养活自己、不仰仗任何人的女子……也不要家庭！选择亲人时，要仅仅遵从自己的内心——不论血缘关系，只看精神是否合拍，只看肉体是否合拍。找寻真正属于自己的亲人，无论他们的数目多么稀少，无论他们的分布多么零星。她终于大开着窗户睡着了。寒冷潮湿的黎明又将她唤醒：她牙齿颤抖着，缺乏起床去关上窗户的勇气——甚至无力伸伸胳膊，拽拽棉被。

这一日，她既不起床，也不梳洗，只是随意吞了几口腌肉。为了能够吸烟，她又喝了一些咖啡（她的胃无法承受空腹吸烟）。她试着重温昨夜的想入非非；阿尔热卢斯几乎同往日一样宁静。午后时分，天气并不比夜间明亮多少。在一年中白天最为短暂的这些日子里，浓密的雨丝将时光梳栉成雷同的模样，叫人分不清二十四个钟点之间到底有什么不同；在毫无起伏变化的寂静中，今日黄昏浑似昨日黄昏。然而，苔蕾丝并无睡意，她的思绪清晰起来。她有条不紊地从过去的岁月里找寻被遗忘的面孔，找寻她曾远远地亲吻过的唇，找寻因为偶然的相遇或因为夜幕下的一次不经意而靠近她无辜身体的那些轮廓模糊的身躯。她开始营造幸福，发明快乐，一点一滴地幻想一份不可能的爱情。

“她现在不再下床，连腌肉和面包也不再碰了。”从那以后又过了数日，巴里翁特对巴里翁这样说，“但我跟你发誓，整瓶酒她可全都喝了。这个‘婊子’，给她多少，她喝多少。然后她还拿香烟点被单。她早晚得把我们都给点了。她抽烟抽得手指和指甲都黄了，就好像在山金车油里泡过似的。这还不够倒霉？那可都是在汉麻田里直接织成的被单……就等着吧，看我会不会天天替她换洗！”

她又说不是自己不愿意打扫房间和换洗被单，是这个懒婆娘不肯下床。她巴里翁特也没必要两腿肿着还得给她提几壶水上楼：因为到了晚上她发现早上提过去的水壶放在门口，纹丝未动。

苔蕾丝开始摆脱那个她为了让自己开心而激活的陌生身影，开始厌倦她的幸福，并对空想出来的快乐感到餍足。她又想出另一套遁世绝招。人们跪在她床前，一个孩子（是见到她就逃跑的那群孩子中的一个）被奄奄一息地抬进苔蕾丝的卧室，她将一只被尼古丁熏黄的手伸向孩子，孩子居然康复并站立起来。她还编织出一些更为平平无奇的梦想：例如布置一套海滨别墅，幻想别墅有花园和露台，并构想房子的内部布局，一件一件地挑选家具，想象把她在圣克莱尔的家具搬来后应该摆放在什么位置，她还为窗帘的选择跟自己争执不下。随后风景便支离破碎起来，越来越模糊不清，只剩下一道树廊和面向海的一条长椅。而苔蕾丝则坐在长椅上，将头靠在某个人的肩膀上，在开饭铃响时起身潜入那黑色的树廊，而走在她身旁的男人则突然用双臂搂紧她，将她拽到一旁。一个吻便会令时间凝滞，她如是幻想着。她幻想在爱情中，分分秒秒都是没有尽头的永恒。幻想归幻想，她永远都将无法体验个中滋味。她还杜撰出白色的房子和一座水井，汲水泵在吱吱作响，刚刚灌溉过的天芥菜令整个院落里都弥漫着它的馥郁。而晚餐则是夜晚幸福到来前的一段安宁时光，夜晚的幸福因超出我们内心的承受力而令我们无法直视。这便是比任何人都缺乏爱情的苔蕾丝所幻想出来的爱情，她就这样被那爱情占据着、渗透着。

她对巴里翁特的喊叫几近充耳不闻。老妇人在喊什么呢？老妇人喊的是贝尔纳这一两天就会毫无预警地从南方回来。“他看到房间变成这个样子会作何感想呢？成了十足的猪圈！太太乐不乐意都得下床。”

苔蕾丝坐在床上，吃惊地看着自己瘦骨嶙峋的双腿，发现自己的双足变得如此巨大。巴里翁特给她裹上一件睡袍，将她推到扶手椅上坐下。她摸索起身旁的香烟，却又忽然将手垂在了半空中。一缕寒冷的阳光透过敞开的窗户照射进来。巴里翁特手中拿着扫把，气喘吁吁，嘟囔着几句辱骂的话——可是巴里翁特到底是个善良的人，因为家里人说每到圣诞节时她总会因为自己好容易养肥的猪被宰而流下眼泪。她埋怨苔蕾丝都不应她一声：她认为沉默是对她的一种羞辱，是一种蔑视的表现。

但是，说不说话似乎并不取决于苔蕾丝自己。在她的身体沉浸在新换被单的清爽中时，她总以为自己已经说过感谢的话，而事实上她的口唇却不曾发出过任何声音。巴里翁特临走时给她撂下一句：“这些被单，您不会再点着了吧？”苔蕾丝怕她没收香烟，将手伸向桌子，而香烟却早已从桌子上消失。没有香烟，可如何活得下去？她的手指需要不断地触摸这件既燥又热的小玩意儿，她得一直能嗅得到烟草的味道才行，并且卧室里也要弥漫着被她吸入口中、又被她从口中吐出的烟雾才好。巴里翁特只有晚间才上楼，她一个下午都将无烟可抽！她闭上眼睛，焦黄的手指依旧做着夹住香烟的习惯性动作。

七点钟，巴里翁特拿着一盏蜡烛进来，把托盘放在桌子上：是牛奶和咖啡，还有一片面包。

“您就不需要别的东西了？”她狡黠地等着苔蕾丝索要她的香烟。可是苔蕾丝却将脸贴向墙壁，头也不回。

巴里翁特也许忘记关牢窗户了：一阵风将窗子吹开，夜间的寒意充满房间。苔蕾丝感觉自己没有勇气掀开被子起床并赤脚跑到窗台前。于是她身体蜷缩着，将被单一直拽到眼睛下方，一动也不动地躺着，只有眼睑和额头感到阵阵寒气。松林发出的巨响传遍阿尔热卢斯，然而这海潮般的音声到底无法彻底打破阿尔热卢斯的寂静。苔蕾丝心想，要是自己真的乐于吃苦的话，就不必这般将自己深埋于被褥之下了。她试着稍稍把被褥推开，但是在寒冷中只能坚持几秒钟。接下来，她跟出于好玩儿似的，又试着坚持了更长的时间。无意中，吃苦俨然成了她的工作——谁知道是不是真的呢——成了一种存在的意义。

第十二章

“先生的信。”

见苔蕾丝不去接她递上的信，巴里翁特一再絮叨说，肯定是先生通知他们他要回来了，可她得知道他何时回来，好一切准备就绪。

“太太要是想让我帮着念的话……”

“念，念。”随后她就像巴里翁特每次在场时那样，向壁而卧。然而巴里翁特朗读的内容却将她从麻木中唤醒：

巴里翁报告说阿尔热卢斯一切都好，我甚感欣慰。

贝尔纳宣告他会乘汽车回来，但是他要在多个城市停留，所以无法确定具体的归期。

20日之前肯定回不去。我会和安娜以及德吉雷曼家的儿子一起回来。他们已在博里约订婚，但是还没有对外公布。德吉雷曼家的儿子坚持要先见见您。纯属走过场。

他保证说。

对我来说，我觉得他是想在那件事上有自己的判断，您知道是哪件事。您很聪明，不会应付不来。也别忘了您身体欠佳，精神受了影响。总之，那就包在您身上了。如果您没有做损害安娜的事，也没有从中作梗搅和这桩婚事，我是会知道的，从各方面而言，整个家族对这桩婚事还算满意。可是，如果您企图搞破坏，有必要的话，我会毫不犹豫让您付出沉重代价。但是我坚信我们不会到那一步的。

这一天晴朗而寒冷。苔蕾丝下了床，乖乖地遵从巴里翁特的命令，由她搀扶着胳膊到花园里走了几步，但是要让她吃完鸡胸肉却勉为其难。距 12 月 20 日还有 10 天的时间。要是太太答应振作起来的话，那样会对能够下地走动有不一般的帮助。

“不能说她不乐意。”巴里翁特对巴里翁说，“她在尽力。贝尔纳先生驯恶犬是行家。你知道，他给狗系紧锁链时会怎么样吗？这一位，他没用多久就把她驯成了一只伏地的母狗。但是他最好也别过于自信他那一套了。”

苔蕾丝的确在努力不再沉湎于幻想、嗜睡和自我摧残。她强迫自己吃饭、走路，尤其是强迫自己重新清醒起来，强迫自己用一双肉眼看待人与事。不仅如此，就像重返被她点燃的荒野并将燃烧过后的灰烬踏于脚下一般，就好像在燃尽的黑色松树林中散步一般，她还得试着在这一家人——她的家人——的簇拥下讲话，并对他们微笑。

18 日这天，临近凌晨三点钟的时候，天色阴沉却没有下雨，苔蕾丝坐在她卧室的火炉前，头靠在椅背上，双目紧闭。马达的震动声将她惊醒。她认出前厅里是贝尔纳的声音，她还听见德·拉塔芙太太在讲话。当巴里翁特气喘吁吁，门也不敲地排闼而入时，苔蕾丝早已站起身来，走到镜子前。她正在涂腮红和口红。她说："我不想吓到那个男孩儿。"

但是，贝尔纳没有先上楼去看看妻子，实属酿下了错误。德吉雷曼家的儿子曾答应过自己的家人会"明察秋毫"，心想"贝尔纳的举动至少是缺乏热情，因此引人深思"。他撇下安娜，立了立裘皮大衣的领子，指出"这种乡下沙龙，别指望会烧热"。他问贝尔纳："您楼下没有地下室吗？那么地板会一直烂下去，除非您涂一层水泥……"

安娜·德·拉塔芙穿着一件松鼠皮大衣，戴着一顶没有丝带也没有花结的毡帽（但是德·拉塔芙太太却说这种没有任何装饰的帽子却比我们从前那种装着羽毛和簇冠的帽子更昂贵。毡帽子的确很漂亮，它是在莱哈卡①买的，但那是雷布②设计的款式）。德·拉塔芙太太把靴子伸向火炉，将她既蛮横又软弱的面孔扭向门口。她曾答应贝尔纳以大局为重。比如说，她曾

---

① 莱哈卡：此处指波尔多一家名为"莱哈卡"的帽商。

② 卡洛琳·雷布（1840—1927）：法国帽商、时装设计师。

警告他："别让我亲吻她。不能这么要求你母亲。对我来说，碰一下她的手都够让人害怕了。你看到了：上帝都知道她做的事很恐怖。况且，这还不是最让我生气的，我早就知道有人能干出杀人的勾当，让人气愤的是她的虚伪！这才是最恐怖的！你想想她那副腔调：'母亲，坐那把扶手椅吧，您会更舒服些……'你再想想，她怕让你担心时，又是什么腔调：'可怜的宝贝儿很怕死，看一次医生都能把他吓破胆……'上帝知道我什么都没多想，可是从她嘴里说出'可怜的宝贝儿'总归让我吃惊。"

此刻，在阿尔热卢斯的客厅中，德·拉塔芙太太留神的只有每个人都面临的尴尬，她看到德吉雷曼德家的儿子在用一双"喜鹊眼"盯着贝尔纳。

"贝尔纳，你应该去看看苔蕾丝在做什么，她可能是病情加重了。"

安娜第一个认出了那个熟悉的脚步声，（就像接下来会发生的一切与她无关似的，满不在乎地）说道："我听见了，她正在下楼。"贝尔纳一只手按住胸口，心里一阵悸动。没有前一天就先回来一趟，实在是太过疏忽，他本该预先和苔蕾丝串好台词。她会说些什么呢？她即使不用明目张胆地做出他明令禁止的举动，也是有能力把事情全部搞砸的。她下楼梯怎么这样慢呢！他们都站起来，转身朝门口望去，苔蕾丝终于开门走了进来。

许多年后，贝尔纳依旧记得这副饱受摧残的身躯，这副涂了脂粉的白色小脸蛋儿，当她走近时，他的第一个念头便是：这是要被送上重罪法庭的。被送上重罪法庭的自然不是曾经犯下罪行的苔蕾丝。一时间，他的脑海中浮现出同其他图片一起贴在阿尔热卢斯花园木板厕所里的那幅《小巴黎人报》彩画——他依然记得，厕所里苍蝇嘤嘤乱飞，外面是烈日下的蝉鸣，而自己每次都会以儿童的视角去审视那幅用红、绿两种颜色画成的《被禁闭的普瓦捷女人①》。

① 被禁闭的普瓦捷女人：真名为布兰奇·蒙尼尔（1849—1913），生于法国普瓦捷。布兰奇·蒙尼尔曾被家人秘密禁闭二十五年之久，1901 年才被解救。法国作家纪德曾以布兰奇·蒙尼尔为故事原型发表连载小说《被禁闭的普瓦捷女人》。

他打量着骨瘦如柴、了无血色的苔蕾丝，为自己没有——像把随时爆炸的一件玩意儿果断扔入水中那样——不惜一切代价地除掉这个可怕的女人而自责不够理智。无论有意还是无意，苔蕾丝已经惹出了事端——比惹出事端还要严重：简直会闹得满城风雨。在这场风波中，她要么是罪犯，要么是受害者。家人们发出还算真诚的惊讶声和怜悯的唏嘘声，德吉雷曼家的儿子一时犹豫不决起来，不知作何打算才好。

这时，苔蕾丝说道："很简单，糟糕天气让我没法出门，所以也就没了食欲。我现在几乎什么都吃不下。瘦总比胖好吧……咱们聊聊你吧，安娜，我很开心……"

她抓起安娜的手（她坐着，安娜站立着）。她端详着安娜。从这副好似被侵蚀过的面孔上，安娜明明白白又看到了那副透着坚毅并曾一度令她恼怒的目光。安娜至今仍然记得自己对她说："让你看个够再说！"

"我的小安娜，我为你得到幸福而高兴。"

说到"安娜的幸福"时，她冲德吉雷曼家的儿子浅笑一下——或者说她微笑的对象是他那颗头颅，那副垂肩，那簇宪兵胡，以及他那身礼服和他黑灰相间的条纹裤下两条肥短的大腿（嗨！也不过是个寻常的男人——总而言之，也是块当丈夫的料）。她仍将目光投向安娜，对她说道：“把帽子摘下来……啊！亲爱的，这样，我就认出你来了。”

这时，安娜眼前看见的是一张略显抽搐的嘴巴和那双永远不会湿润、不会流泪的眼睛，只是她不知道苔蕾丝在想什么。德吉雷曼家的儿子说乡下的冬天对喜欢室内生活的女子来说应该不会如此难熬：“家里总会有很多事情要做的。”

“你就不问问玛丽的消息？”

“对了……跟我说说玛丽……”

安娜再次面露狐疑与敌意。数月以来，安娜常常以跟她的母亲一样的腔调絮叨说：“我原本什么都可以原谅她，她毕竟是个病人。可她对玛丽不闻不问的态度让我无法接受。一个当妈的对自己的孩子漠不关心，你们可以替她找一百种借口，可我还是觉得这很恶劣。”

苔蕾丝看穿了女孩儿的心思：“因为我没有一见面就问她玛丽怎么样，所以她瞧不起我。怎么跟她解释呢？她不会明白的，我这个人心里全是自己，我整个人想的都是自己。而安娜，她一心只想着有了孩子就该全身心都扑在孩子身上，就像她的母亲那样，就像家中所有的女人那样。我呢，我总是需要找到自我，我在努力地找寻自我。这个矮冬瓜等不及脱掉礼服就想给她种上崽子，从孩子生下来发出第一声啼哭起，安娜就要忘记她和我一起度过的青春期，就会忘记和让·阿茨维多的拥吻。家里所有的女人都以泯灭个人的存在为理想。为种族的延续而做出贡献，那很美好，我可以体会这种低调美和无我美……可我，可我……”

她努力不去听周遭在说什么，努力去想象玛丽的样子。这孩子如今该会讲话了吧：“可能听她咿咿呀呀几分钟，我还会觉得有些趣味，但肯定用不了多久我就会觉得厌烦，就会迫不及待地想一个人待着……”

她问安娜道：“玛丽现在很会说话了吧？”

“教她什么，她就重复什么。很有趣。只要听到公鸡叫声或汽车喇叭声，她就抬起她那小手指说：‘你听到“乐乐”了吗？’可真叫人疼爱，真是乖巧。”

苔蕾丝心想："我得专心听听他们说什么。可我脑子里一片空白，德吉雷曼家的儿子在说什么？"她努力侧耳倾听。

"在我巴里萨克那片林场里，采脂工可不像这里的工人那么能干。阿尔热卢斯的工人采七八桶的工夫，他们也就采四桶。"

"按照树脂的行情看，他们实在是懒。"

"你们知道吗？如今雇一个采脂工，得一天一百法郎。我看我们的话题让德斯盖鲁太太觉得无聊了……"

苔蕾丝将脖颈倚靠在椅背上。大家纷纷起身。贝尔纳决定不回圣克莱尔居住。小德吉雷曼一家答应开车前往，第二天再由司机载着贝尔纳的行李把车开回阿尔热卢斯。苔蕾丝努力想要起身，但是她的婆婆拦住了她。

她闭上眼睛。听到贝尔纳对德·拉塔芙太太说："巴里翁两口子，也太过分了。我要好好教训他们一通……会有他们好看的。"

"小心些，别太过激了，也不能辞了他们。他们知道的事情太多了。另外，打理地产也需要巴里翁，他是里里外外唯一一个懂行的。"

苔蕾丝没有听到贝尔纳的问题是什么，只听德·拉塔芙太太回答说："不管怎么样，还是小心为好，对她不要过于掉以轻心，得留心她的举动，别让她一个人进厨房或者饭厅……没有，她没有晕过去，是睡着了或者装睡……"

苔蕾丝睁开眼睛，贝尔纳站在她面前。他端着一只杯子说道："把这个喝了，这是西班牙葡萄酒，很提神。"贝尔纳决定了的事一定不会不做，他走进厨房，勃然大怒。苔蕾丝听到巴里翁特在尖着嗓子喊叫，于是心想："很明显，贝尔纳怕了。怕什么呢？"

这时他从厨房走出来，说道："我觉得您在饭厅吃饭比在房间里吃饭会更有胃口。我已经交代过了，餐具会像往常那样替您摆上。"

苔蕾丝又看到了案子审理期间的贝尔纳，那时的他还是个不惜一切代价也要将她营救出来的盟友。他想要她无论如何都要康复起来。是的，他显然是怕了。他坐在她对面拨弄着炉中的火苗，苔蕾丝打量着他，却猜不到他硕大的眼睛在火苗中凝望什么，他又看到了《小巴黎人报》上那幅用红色和绿色画成的图像，那幅《被禁闭的普瓦捷女人》。

无论雨下得多大，阿尔热卢斯的沙土地上都存不住哪怕一洼积水。隆冬季节，太阳只要照射一个小时，便可以脚着布鞋，安心地在铺满松针、干燥且有弹性的小路上行走。贝尔纳成天都在打猎，但是会回家吃饭，他很担心苔蕾丝的状况，对她前所未有地照料有加。他们之间可谓无拘无束。他强迫她每三天称重一次，每餐饭后只准她抽两根香烟。在贝尔纳的建议下，苔蕾丝成了一个徒步健将："运动才是最好的开胃酒。"

她不再惧怕阿尔热卢斯：好像松树都在为她让路，它们分开队列，示意她快快逃跑。一天晚上，贝尔纳对她说："我要您一直等到安娜完婚那天，得让人们再一次看见我们俩一起出现。此后，您请便。"当晚，她一夜未眠。她既忧又喜，无法合眼。黎明时分，她听到无数只公鸡的啼叫，它们并非交相呼应，而是在异口同声地一道鸣唱，天地间充斥着同一股嘈杂。就像从前在荒野里放生一只喂不熟的野母猪那样，贝尔纳会在人群中将她放走。等安娜完婚后，人们想说什么就说什么：贝尔纳会在巴黎的闹市之中丢下苔蕾丝，然后逃走。他们之间说好了。

不离婚也不正式分居。他们会向世人编造一个健康方面的原因（例如只有在旅行时，她才觉得健康）。而他也会在每年万圣节把卖树脂的钱给她。

贝尔纳没有问苔蕾丝计划做些什么：就让别人给她点儿颜色看看吧。

“只有她走了我才放心。”他对他的母亲说，“我知道她会改回娘家姓……但这并不碍事，要是她要小聪明的话，我总会找到她……”苔蕾丝可是头说把车撞翻就能把车撞翻的倔驴，他说。要是给她自由的话，她倒有可能比谁都理智。无论如何，得试试看。这也是拉罗克的意见。思来想去，苔蕾丝最好消失。人们很快就会忘记她，也不会再动不动就谈起她。重要的是人人都缄口不言。这个念头已在他们身上生根发芽，什么都无法将其拔除：得让苔蕾丝脱缰而去。他们对此早已迫不及待！

苔蕾丝喜欢冬末为已然光秃无遮的大地带来的肃杀，只是那一片片褐色的陈年枯叶仍然倔强地挂在橡树上，迟迟不肯落去。苔蕾丝发现阿尔热卢斯的寂静其实并不存在。即使在天气最平和的日子，树林也在低吟，如同我们在为自己哭泣一般，并轻轻摇曳着睡去，于是夜晚就充斥了一片无尽的私语声。她当然会拥有余生的黎明，在无法设想的余生里，黎明也许会死寂一片，她也许会怀念在阿尔热卢斯醒来的时分，怀念数不清的公鸡发出的喔喔声。在以后的夏日里，她一定会忆起那白日的蝉鸣和黑夜的蟋蟀声。巴黎——那里不再是折断的松树，而是可怕的人群；继树群之后，她要面对的将是人群。

夫妇二人为他们之间几乎不再拘谨而感到讶异。苔蕾丝心想，当我们确信会离开一个人时，我们便不再觉得他让人忍无可忍。贝尔纳开始对苔蕾丝的体重——以及她说的话——饶有兴趣：她在他面前表现得前所未有地谈吐自如。“到巴黎后……等我到巴黎后……”她会找一间酒店或者找一所公寓住下。她打算去上上课，听听讲座和音乐会，从基础学起。贝尔纳不想再盯着她的一举一动，而是卸下心防，喝汤饮酒。佩德迈医生有时在进出阿尔热卢斯的路上遇到他们，他对自己的妻子说：“怪就怪在，他们又丝毫不像是在演戏。”

第十三章

第十三章

三月里，一个炎热的清晨，临近十点钟，已是人流滚动，人们纷纷涌上和平咖啡馆的露台，露台上坐着贝尔纳与苔蕾丝。她扔掉手中的香烟，并出于朗德人的习惯，小心翼翼地将它碾灭。

“您还怕把马路给点着了不成？”

贝尔纳强装大笑。他自责一直陪苔蕾丝来到巴黎。安娜婚后的第二天，他这么做或许是出于舆论的需要——可这么做尤其是为了迎合这个年轻女人的愿望。他深知她善于制造尴尬：只要她还是自己生活的一部分，他也许就仍要俯就她那些不理性的举止。这个疯女人即使对他这种四平八稳的坚毅心性都会多多少少产生一层影响。临别时，他不禁萌生一丝他万万不肯容忍在自己心中浮现的忧伤。没有什么比这种由他人勾起的情愫更叫他觉得陌生了（更何况这情愫是由苔蕾丝勾起的……这更加令他难以置信）。他迫不及待想要脱离这困扰！只有在登上正午时分的火车后他才能自由自在地呼吸。列车驶出车站后，他不久便能在通往维朗德罗[①]的路上再次看见松树林的影子。晚上会有汽车到郎公镇去接他。他望着苔蕾丝的背影。他偶尔也会打量人群中的某一个人，然而却始终在目送苔蕾丝，直至她消失。

忽然，他喊道："苔蕾丝……我一直想问您……"

他无法面对这个女人的目光，扭过头去，然后以很快的速度说："我想知道……都是因为您讨厌我，因为我让您厌恶吗？"

听到自己说出这番话时，他既惊讶又恼火。苔蕾丝先是报以微笑，继而严肃地凝望着他：贝尔纳终于问她了！终于问她事情的原委了。他问的正是换作是她也会第一时间问及的问题。在尼藏公路上的维多利亚马车中，在开往圣克莱尔的小火车里，她那准备了许久的陈白，她那一夜的挖空心思，她那不厌其烦的寻寻觅觅，她那番为了弄清楚贝尔纳行为的根源而做出的努力，以及令她疲惫不堪的自我反省，也许现在是时候得到回报了。

---

① 维朗德罗：法国西南部市镇，属于郎公镇。

她不知道她已经扰乱了贝尔纳的精神，她令他感到困惑。于是他就像一个看不真切、犹豫不决的人那样在盘问她……他不再简单粗犷……从而也不再冷漠无情。苔蕾丝向这个男人投去垂怜的、几乎带有母性的目光，然而回答他时用的却是一副嘲讽的口吻："您不知道都是您那松树林惹的祸吗？是的，我原本是想独占您的松林的。"

他耸了耸肩。

"我以前觉得是因为这个，但现在不那么认为了。您为什么要那么做？您现在可以告诉我了吧。"

她直愣愣地望着前方。她立在马路旁，立在这条承载了泥浆与熙熙攘攘的行人的"河流"旁，正待纵身一跃，加入挣扎拼搏的人群，抑或任自己在人流的泥沼里沉沦，这时却看到一丝曙光，看到了黎明：她想要回到那片秘密而忧伤的乡野——想在阿尔热卢斯终其一生地冥想和不断完善自我。那会是一种内心的探险，一种对上帝的追寻……一个卖地毯和玻璃项链的摩洛哥人以为她在冲他微笑，于是朝他们走了过来。她再次面带嘲讽地说道："我本想回答您：'我也不知道为什么对您做了那件事。’可是现在我也许知道缘由了，您明白吗！有可能是想看到您眼神中充满担忧和好奇的样子吧——总之是充满不安的样子：这一切，我也是此刻刚刚发现的。”

他训斥起来，语气让苔蕾丝想起他们的结婚旅行。

“您是打算把幽默要到底呢……说认真的，到底是为什么？”

她收起笑容，反过来问他说：“贝尔纳，像您这样的人，自己在做什么，对个中理由都会一清二楚，是吗？”

“当然了……也许吧……至少我是这么想的。”

“我多么希望对您没有任何隐瞒。您要是知道我为了弄清个中究竟而受了多大煎熬的话……只是，我能给出的任何理由，一旦说出口，好像都会变成虚假的借口……您懂吗？”

贝尔纳失去了耐心。

“可您有一天到底还是下了狠心……采取了行动，不是吗？”

“是的，是马诺大火那天。”

他们靠得很近，说话时压低了声音。她发现在巴黎的十字路口，在这淡淡的阳光下，在这送来异域烟草气息并拂动着红黄色窗帘的略带寒意的凉风中，再去提及那个炙热的午后是件怪诞的事：那一日，烟雾弥天，长空的湛蓝也变得烟熏火燎，燃烧殆尽的松林发出的是刺鼻的火把气味——半睡半醒的她，心中正在悄悄酝酿一场犯罪。

“事情是这样的：是在饭厅里，中午的饭厅总是那么昏暗，您在说话，脑袋稍微扭向巴里翁，忘了数朝杯子里滴了多少滴。”

苔蕾丝顾不上看贝尔纳一眼，她全神贯注，生怕忽略了哪怕最细微的场景。但她听到他大笑起来，于是抬头打量他。是的，他笑起来依旧是一副愚蠢模样。“不会吧！您把我当成什么了呢？”他说。他不相信她的话（她的话是否真的可信？）。他面带讥讽，她又看到了贝尔纳满怀自信、不肯任人欺骗的样子。他恢复了镇定，而她却乱了方寸。

他嘲讽起来：“这么说，您就这样一下子来了灵感？”

他痛恨自己向苔蕾丝发出了这番盘问！这么一问，就算失去了先前对这个疯女人蔑视的姿态给他赢来的主动权：这下子，她就可以抬起头来了！他为什么突然没忍住，为什么非要弄明白怎么回事呢？跟这些脑筋失灵的女人，有什么可弄明白的！可他这么做全是出于不由自主、不假思索……

“听我说，贝尔纳。我跟您说这些，并非想让您相信我是无辜的，绝非如此！”

她有一种奇怪的自我控诉的冲动。她说能够在半梦半醒中做出那样的举动，其实意味着犯罪念头已在内心萌生并酝酿了数月。此外，在第一次得手之后，她又清醒却疯狂地继续执行了下一步计划！有时执行起来，又是多么地果决！

“下手犹豫不决时，是唯一让我自觉残忍的时候。我埋怨自己延长了您的痛苦。应该彻底、快速！我觉得自己是在完成一项可怖的任务！是的，就像是一项任务。”

贝尔纳打断她：“说了这么多！不如好好努力一下，一次性告诉我您到底想要什么！您怕是办不到吧。”

“我想要什么？或许，与其这么说，倒不如说我不想要什么，这样更简单。我不想扮演某个角色，不想完成一些动作，不想说套话，总之就是不想随时牺牲那个苔蕾丝，一个……算了，贝尔纳，您看，我只想真实一些。可是，为何我此刻对您说的话听上去却那么不真实呢？”

“小点儿声。前面那位先生回头看我们了。”

贝尔纳只想就此打住。可是他了解这个偏执的女人：她喜欢钻牛角尖。至于苔蕾丝，她则更清楚，这个男人刚才还近在咫尺，此时又和她无限地疏远了。可她仍想坚持，于是努力堆起美丽的微笑，让她的声音又呈现出他曾喜爱的低沉和沙哑：“可是，贝尔纳，那个因为怕一丁点儿火星就会把荆棘草丛点着所以本能主动地去踩灭香烟的苔蕾丝——那个喜欢亲自清点松树和打理松脂生意的苔蕾丝——那个以嫁入德斯盖鲁家族并以在朗德望族门内占有一席为荣，最后总算是立稳了脚跟并因而感到自豪的苔蕾丝，我现在发现她和另一个苔蕾丝相比，一样是真实的，一样是活生生的。不应该，绝不应该，更没有理由拿另一个苔蕾丝的形象来抹杀这个苔蕾丝的存在。”

“什么‘另一个苔蕾丝’？”

她不知如何回答，他看了看表。

她说道：“反正，我得偶尔回去一趟，一来是打理生意，二来……看看玛丽。”

“什么生意？由我管理我们的共同财产，是说好了的事，我们总不能反悔吧，对不对？所有正式场合都会给您留有一席之地，为了族姓的声望，也是为了玛丽好，有必要让人看见我们同进同出。像我们这样人口众多的家族，婚礼是少不了的，谢天谢地！当然，葬礼也不会少。眼下就有一桩，我不信马丁叔叔能撑到秋天。既然您看上去已经厌倦了离家在外的日子，届时对您来说是个回去看看的机会。”

一个骑警将哨子贴近嘴唇，就像打开了无形的闸门似的，先是行人大军匆匆穿越黑色的马路，接着是出租车如潮水般将路面淹没。

“我本该像达丏尔那样在一个夜晚到南方荒原去，我本该在那片贫瘠的土地上，在佝偻的松树间一直穿行，一直穿行到精疲力竭。我也许没有勇气（像去年那位因为儿媳不给饭吃而自寻短见的牧羊人那样）把头没进潟湖里。但我可以躺在沙土里，闭上眼睛……一定会有乌鸦和蚂蚁不等……就……”

她望着川流不息的人群，望着即将在她面前四散开来并将她卷走、携她而去的那一片沸腾。无论再做什么都是徒劳。贝尔纳又看了看手表。

“十一点差一刻，还要算上去酒店的时间……”

“您旅途中不会太热。”

“在汽车里，甚至还得裹严实一点儿呢。”

她脑海里浮现出他将要行驶的大路，她仿佛感到阵阵冷风正在吹拂他的脸庞，仿佛嗅到了随风而来的沼泽气味和木屑树脂的芬芳，风中还弥漫了杂草燃烧的气息以及薄荷与浓雾的味道。她看了看贝尔纳，冲他微笑起来。昔日，朗德荒原上的女人们由于这一丝微笑而评论她说：“也不能说她漂亮，可她就是魅力的化身。”假如此刻贝尔纳对她说：“我原谅你了，跟我来吧……”那么，她定会起身，随他而去。然而，贝尔纳一时对自己动了情而感到恼怒。对这番异于往常的举动，对同他们从前每天交流的言语格格不入的内容，贝尔纳只是觉得反感。和他的马车一样，贝尔纳是个“合辙”的男人：他离不开他的陈规旧习，他今晚回到圣克莱尔的饭厅后如果能够重拾陈规旧习的话，便会感到安逸与平和。

“我想最后一次求您原谅，贝尔纳。”

她说这番话时，虽然过于郑重其事，但是并未寄予什么希望——只是为重拾话题而做出的最后努力而已。不过，他却抗拒道："不要再提了……"

"您会感到孤单的：即使不在您身旁，也少不了我的一席之地。我最好是死了，您才落得个清静。"

他微微耸耸肩，几乎心情愉快地求她"不要替他瞎操心"。

"德斯盖鲁家每一代都会出一个老光棍儿！舍我其谁呢。我具备老光棍儿应有的一切品质（这一点，您总不会反驳吧？）。让我遗憾的是我们生的是个女儿，这样一来这个姓氏就要绝种了。当然了，我们即使一起过下去，也未必想再生一个孩子……这么说来，一切都无所谓了……不劳您驾了，留步吧。"

他挥手叫了一辆出租车，然后回头提醒苔蕾丝他已经买过单了。

她对着贝尔纳杯中剩下的几滴波尔图[①]注视了良久，随后盯着路人打量起来。有几位在走来走去，似乎是在等人。一位

① 波尔图：葡萄牙波尔图地区出产的葡萄酒。

女子回头张望了两次，并冲苔蕾丝微笑起来（这是位女工，抑或只是装扮成了女工的模样呢？）。此刻正是制衣厂下班的时候。苔蕾丝并不打算离开座位。她既不感到无聊，也不觉得忧伤。她决定今天下午不去见让·阿茨维多——并轻松地长舒一口气。她不想见他，见面后不免又是一通侃侃而谈，又要寻章摘句，搬出一堆套话。她认识让·阿茨维多。但自己真正想亲近的那种人，她一个都不认识，她只知道和那些人在一起，几乎不需要言语的交流。苔蕾丝不再惧怕孤单。即使只是静静地待在这里，都不会孤单：就像她的身体平躺在南方的朗德荒原上，即刻便会引来蚂蚁和狗一样，在这里，她隐约感到周遭早已涌来一股莫名的激荡和骚动。她饿了，于是起身，走到老英格兰商场①的一面镜子前，端详起正值少妇年纪的自己：这套相当紧身的旅行装很适合自己。只是，阿尔热卢斯的岁月在她的面孔上留下了像是被摧残过的印记：颧骨过于突出，鼻子也略嫌短促了些。她思忖道："我是不会老的。"她在皇家路用过了午餐，

① 老英格兰商场：是当时一家以优雅著称的服装店。

那是她常常在梦中光顾的馆子。既然不想，为何要回酒店呢？半瓶普伊[①]让她酒酣耳热。她又叫了些香烟来抽，邻桌的一个小伙子，按着了打火机递过来，只见她莞尔一笑。就在刚刚一个小时前，她不是还渴望于夜色里陪伴贝尔纳在维朗德罗大路上潜行吗？不是还渴望潜行在那片阴郁的松林间吗？可是，爱的是哪一片土地，爱的是松树还是枫树，是海洋还是平原，又有什么要紧的呢？在各式各样的生命中，让她有兴致的是那些有血有肉的灵魂而已。“我看重的并非这座石头堆砌的城市，也并非这里的讲座和博物馆，我最爱的是这里活跃着一片生机勃勃的森林，林中时而一阵阵穿过比任何一场暴风雨都要猛烈的激情。夜晚，阿尔热卢斯松林的呜咽感人肺腑，也不过是由于它像极了人类的呻吟而已。”

苔蕾丝呷了几口酒，抽了许多烟。她像个得了“至福”的女人一般，独自笑出声来。她仔细涂了腮红与口红，然后走上街道，徜徉而去。

---

① 普伊：法国白葡萄酒名。

关于莫里亚克

弗朗索瓦·莫里亚克（François Mauriac，1885—1970），法国小说家、诗人、剧作家、文学评论家，诺贝尔文学奖获得者。1926 年，他成为法兰西学院小说奖得主；1933 年，他成为法兰西学院院士；1952 年，获得诺贝尔文学奖；1958 年，荣获法国国家荣誉勋章；1970 年，莫里亚克逝世，戴高乐将军称其为“代表了法国文学的精粹，是嵌在法国王冠上最美丽的一颗珍珠”。

“由于他在他的小说中剖析了人生的戏剧，体现了对心灵的深刻观察和艺术激情”是诺贝尔文学奖评委会对莫里亚克给出的颁奖词。的确，他是描绘人物内心世界和感情波澜的高手，然而这与他所经历的一切都有着密不可分的关系。

1885 年 10 月 11 日，位于法国波尔多的一个虔诚守旧的天主教家庭里诞生了一个孩子，他就是弗朗索瓦·莫里亚克。他的父亲让·保罗·莫里亚克是个热爱文学的人，却因为家中长辈的教诲转而选择了经商，最终成为一名银行家、木材商人，在加斯科涅地区还拥有一片土地。1878 年，让·保罗与妻子玛丽结婚，妻子同样出身于波尔多的一个商人家庭。

莫里亚克一岁零八个月时，父亲因病去世。在这之后，他便由母亲、祖母以及叔叔抚养长大。作为家中幼子的他自然成为了母亲最疼爱的孩子，也因此受到了严格的天主教式的管教。

1902 年，祖母的去世给莫里亚克带来了不小的冲击。在给祖母发丧的过程中，本应沉浸在痛苦之中的家人便已经开始瓜分遗产，这让莫里亚克见识到了他所信仰的宗教以及资产阶级家庭背后深藏的虚伪。

弗朗索瓦·莫里亚克曾在波尔多的一所公立高中复读过一年，在那里，安德烈·纪德[①]的妹夫马塞尔·德鲁安成了他的导师，也正是这位导师让莫里亚克接触到了保尔·克洛岱尔[②]、弗

① 安德烈·纪德(1869—1951)：法国作家。主要作品有小说《背德者》《窄门》《田园交响曲》《伪币制造者》等。

② 保尔·克洛岱尔(1868—1955)：法国诗人、剧作家、外交官。法国象征主义诗歌、戏剧的后期代表人物。

朗西斯·雅姆[1]、亨利·德·雷尼埃[2]、安德烈·纪德、莫里斯·巴雷斯[3]等文学家的作品，而这些都曾是他在家中被禁止阅读的书籍。这些著作和思想都影响了莫里亚克之后的创作。

1907年，莫里亚克考入了巴黎文献典籍学院，从此告别故乡波尔多来到了巴黎。但由于学院的教学无法满足其对于文学的追求，不久后他便决定退学，投身于文学事业中，这一年是1909年，也是在这一年的10月，他的第一本诗集《握手》[4]正式出版了，这本诗集当即引起了莫里斯·巴雷斯的注意，但他真正为人所知却是在十年后。

第一次世界大战的爆发中断了莫里亚克的文学生涯，但战争以及战后的经历都给他带来了不少灵感，使他写出了多部震

---

① 弗朗西斯·雅姆（1868—1938）：法国旧教派诗人。他笃信宗教，热爱自然，他的诗把神秘和现实混合在一起。

② 亨利·德·雷尼埃（1864—1936）：法国后期象征主义诗人。

③ 莫里斯·巴雷斯（1862—1923）：法国小说家、散文家。

④ 《握手》：法语名 *Les Mains jointes*，也被译作《双手合十》。

惊法国文坛的作品：《给麻风病人的吻》《火流》《爱的荒漠》《苔蕾丝·德斯盖鲁》《蛇结》和《弗隆特纳克家的秘密》等书。

可以说1922年至1939年是莫里亚克的创作生涯中最重要的一段时期。

1922年发表的《给麻风病人的吻》让莫里亚克真正走进了大众视野，揭开了他进入创作成熟期的序幕。而1925年发表的《爱的荒漠》更是让他赢得了法兰西学院的小说大奖，奠定了他在法国文坛的地位。1927年，《苔蕾丝·德斯盖鲁》得以出版，刚一面世便为他获得了如潮的好评，并让其成功跻身于受世人瞩目的作家行列。1932年，他出版了自己的艺术结晶《蛇结》，这本书被大多数评论家公认为是他最成熟、最完美的作品。1933年6月1日，由于创作了众多优质的作品，莫里亚克成为法兰西学院中的一员。

20世纪30年代中期，莫里亚克成名的鼎盛时期，历史的变迁改变了他对世界的看法，甚至产生过弃文从政的念头。渐渐地，他开始摆脱年轻时的保守立场，用文字的形式谴责法西斯列强的种种行为。因此，在莫里亚克生命的最后十几年里，

—

他为世人留下了大量的政治性文章，其中包含了为戴高乐将军撰写的传记。

1952年，《加利加伊》出版的同一年，莫里亚克获得诺贝尔文学奖，此时的他已成为“费加罗报”的专栏作家。

1970年9月1日，于巴黎第16区的家中，弗朗索瓦·莫里亚克去世。于前一年出版的《昔日的少年》成为他最后的作品，还在书写中的续集《马耳他》在他去世两年后得以面世。

二

二

在弗朗索瓦·莫里亚克的一生中，故乡吉隆特省占据了极为重要的位置，那里的波尔多和朗德平原也成为他的作品中不可或缺的部分。在发表于1913年的《戴锁链的孩子》一书中，莫里亚克便以波尔多为背景塑造了一个带着令人窒息的回忆以及满腔的热情走向社会的少年形象，而这部作品可以说是他的第一部小说。

《给麻风病人的吻》《母亲大人》[①]以及《爱的荒漠》便是以莫里亚克的故乡为背景，使莫里亚克正式跻身于知名作家行列的《苔蕾丝·德斯盖鲁》中的故事同样发生在朗德地区。

在这部作品中，苔蕾丝成了当时资产阶级门第观念下的牺牲品。作品一经问世便引起了舆论界的轰动。因此，在这之后，

---

① 《母亲大人》也被译为《热尼特里克斯》（*Génitrix*）。

莫里亚克又创作了这本书的三个续篇：《苔蕾丝在诊所》《苔蕾丝在旅馆》和《黑夜的终止》，来为苔蕾丝的痛苦画上句号。而《黑夜的终止》的发表更是引起了尚且年轻的让-保罗·萨特[①]的发难。他在《新法兰西杂志》上发表了《弗朗索瓦·莫里亚克先生和自由》一文，指出：小说人物有自己的法则，其中最为严格的一条就是作者要么是人物的证人，要么是人物的同谋，这两者不可兼得：要么站在外面，要么站在里面。作者不应该成为“上帝”，不应该把人物当作没有意志的物品来创造。

因这场讨伐的双方身份特殊，这个小插曲也变成了法国二十世纪文学史上的经典。

1962年，法国上映了一部由导演乔治·弗朗叙[②]执导的电影，讲的便是苔蕾丝·德斯盖鲁这个努力冲破传统牢笼的女人的故事。2012年，这部电影又被翻拍。

① 让-保罗·萨特（1905—1980）：法国二十世纪最重要的哲学家之一，一生中拒绝接受任何奖项，其中包括1964年的诺贝尔文学奖。

② 乔治·弗朗叙（1912—1987）：法国电影导演、事业家，与亨利·朗格卢瓦共同创办了法国电影资料馆。

二

在《钱钟书手稿集·外文笔记》中，收录了钱钟书先生在读莫里亚克的作品时写下的笔记，他读过的其中一部作品便是《蛇结》，而这部作品中的故事依旧是发生在波尔多这片土地上的。书中的波尔多落后、闭塞、缺乏生机，但仍存在着被物欲所侵蚀的人们。

莫里亚克用自叙的写作手法将主人公塑造成了一个看似冷酷无情的守财奴。然而当故事发展到最后，妻子去世的噩耗传来，主人公与孩子在金钱上的交锋戛然而止，他之前的一切坚持仿佛在一瞬间消失。

全书实际上是主人公写给妻子的一封长信。然而，信的内容却逐渐从对妻子的控诉变成了日记、忏悔录。通过这封信，读者仿佛可以从中看到主人公的心理变化过程，也能感受到一个阶级的落寞。

在85年的人生里，莫里亚克创作出了上百卷作品，尝试了各种不同的体裁，其中包括小说、诗集、剧本、文艺理论、日记、政论、传记、回忆录，以及随笔等。虽然在他的后半生的作品多为政治性文章，但也在此期间创作了一些流传后世的剧本及小说，例如《地上的火焰》《加利加伊》《羔羊》。

1952年，他荣获诺贝尔文学奖，在发表演讲之前，哈拉尔德·克拉梅尔[①]曾对法国作家说过：“莫里亚克先生，在你的作品中，你已经窥探了人们的内心深处，你向他们展示了你所看到的：人性，最根本的人性。如果真相需要的话，你会毫不犹豫地使用最悲伤和最阴暗的色彩。尽管如此，正如你的一个角色所说，‘一个人可以跨越最底层触碰到神祇’。假若你描绘了人类生活的悲苦画面，那么你也展示了可以照亮黑暗的信仰和神圣恩典的光芒。请相信来自我们的真诚而深刻的钦佩。”[②]

对此，莫里亚克在诺奖颁奖礼的演讲中做出了回应，为读者揭开了他创作的奥秘，也向世人展示了他的内心世界。

“我的书中再现的是昔日的一处偏乡僻壤，那是甚至在法国也鲜为人知的外省一隅，我在那里度过了学生时代的假日时

① 哈拉尔德·克拉梅尔（1893—1985）：瑞典数学家和统计学家，专研数学统计学。

② 收录于《诺贝尔演讲，文学1901—1967》：艾斯维尔出版社，1969年版。

光，最初我将其铺陈于纸上时并未想到它会引起外国读者的瞩目。我们总觉得自己是独一无二的民族，但是殊不知，那些令我们感到惊艳的作品所描绘的恰恰是与我们截然不同的国度以及属于另一个种族和持另一种宗教信仰的人民，例如艾略特[①]和狄更斯[②]的作品，例如托尔斯泰[③]和陀思妥耶夫斯基[④]的作品，又如塞尔玛·拉格洛夫[⑤]的作品。可是，我们之所以喜爱这些作品，恰恰是因为我们在这些作品里看到了我们自己的影子。我们家乡的农民，他们是全人类的缩影，我们自幼熟睹的环境浓缩了世上的全部风景。我们出生、长大的狭小世界，教会我们如何去爱，教会我们如何隐忍痛苦的那个狭小世界，其实是具有普

① 艾略特（1888—1965）：美国诗人，有作品《荒原》等。

② 狄更斯（1812—1870）：英国小说家，有作品《双城记》等。

③ 托尔斯泰（1828—1910）：俄国小说家，有作品《战争与和平》等。

④ 陀思妥耶夫斯基（1821—1881）：俄国小说家，有作品《罪与罚》等。

⑤ 塞尔玛·拉格洛夫（1858—1940）：瑞典作家，有作品《骑鹅旅行记》等。

世性的，而小说家的禀赋恰恰在于将这种普世性呈现于人。”

这是莫里亚克诺奖获奖词中的一段话。如他所言，他的作品中随处可见他的影子，而他的成就也跟他的过去有着密不可分的关联。

在他的作品中，古典主义文学传统和现代主义潮流这两种看似充满矛盾的对立面被良好结合并运用在了一起。正如哈拉尔德·克拉梅尔所说，莫里亚克的作品中存在着一个共性——尽可能描绘人内心的最深之处。

就是在这一部部充溢着法国乡村的气息和浓厚的宗教色彩的作品中，莫里亚克将那个年代里资产阶级家庭中的悲剧展现在了世人面前，成为名副其实的“描绘痛苦的大师”。

编者整理